四十一雙眼睛

年輕人看世界

胡燕青　評賞
陳懿、許政、余龍傑　編

四十一雙眼睛——年輕人看世界
策劃／胡燕青、陳懿、許政、余龍傑
作者／胡燕青、香港浸會大學學生
總編輯／馬鎮梅
責任編輯／王心靈
協力／陳懿、許政、余龍傑
美術設計／何雋
出版發行／突破出版社
香港沙田亞公角山路33號突破青年村
電話：2632 0000　傳真：2632 0388
電郵：breakthrough@breakthrough.org.hk
網址：http://www.breakthrough.org.hk
http://www.btproduct.com
承印／陽光（彩美）印刷有限公司
2010年7月初版1刷
2018年5月初版3刷

41 Writers to be
by Wu Yin Ching & Hong Kong Baptist University Students
First Printing, First Edition, July 2010
Third Printing, First Edition, May 2018

Printed in Hong Kong
ISBN 978-988-8073-01-6

誠邀閣下就突破出版社的書籍發表意見
歡迎加入突破書籍 Facebook page — http://www.facebook.com/btbooks.page
本書採用環保油墨印刷

每一個
年輕人都應當
乘着夢想的
翅膀出航。

成長文學

目錄

一、成長

二、親情

三、教育

四、人文關懷

青少年的筆桿竟如此有力

一本由青少年撰寫的文集，深深觸動我的心，為我帶來驚喜、溫暖、感觸、感慨和盼望。

三十六年前，「突破」創辦人蘇恩佩已發出「文字救贖」的呼喊，她不願年輕的一代輕視了文字，作為文化承傳、連結生命的媒介。本書各篇散文、短篇小説及新詩的年輕作者，不單展示了他們文字的功力，字裏行間流露了他們的文化根基及生命素質，叫我驚喜。

「成長」篇為我燃點對新一代的盼望，是這盼望促使我持續青年工作的召命——在這城市諸般逆境中，青少年仍然彰顯尋求成長的動力。〈抛一隻貓〉是欠成熟的行為，竟觸動對生命的再思；〈LONG TIME NO SEE〉訴説人際關係的脆弱，卻叫我們更珍惜每一次的相遇；〈逃亡〉叫成年人更多自省：家與親情是青少年成長的要素；一紙〈便條〉也能傳達心中的關愛。〈續借〉是青少年的心聲：「圖書可以續借，但照顧孩子的人呢？」

「親情」篇是對我特別有吸引力的，因為我十分珍惜人間的親情，卻想不到勾起我心底不能遮蓋的感觸。〈十五〉和〈夏天〉叫我不忘多少青少年由父母離異造成長期的傷痛；〈糾結〉引起我的共鳴，與身邊最親的人溝通原來不易，我的父親也像一扇「大木門」。〈一盒月餅〉單純地述說了親情的重要，〈你知道我為你寫詩嗎？〉引發我的期盼：有一天，我的孫兒也會為我寫一首詩。

「教育」篇的文章針針見血，對我們的教育現況發出叫我感慨的控訴。「課室」中常聽到：「不要『屹凳』」的斥責，「斷 POINT 畀分」亦為多少學生帶來挫敗感；所謂「文化教育中心」，原來是金錢掛帥。〈補習〉讓我們明白「細蚊仔」學習中的無奈和無力；我們從文章中明白他們對「大人國」的反感。老師也有氣餒的時刻，為什麼老教授「明年不再來」？〈教敲擊樂〉的老師，最終是被學生感動，〈螞蟻教會我的事〉提醒我們以蟻為師：我們所保護的是什麼？

「人文關懷」篇溫暖我的心，每位作者都真摯表達他們對香港這城市深刻的觀察，對苦痛中人由衷的憐憫。這份關愛之情延伸到柬埔寨的愛滋病孤兒的〈咿咿呀呀的小男孩〉；青年人在〈九龍塘 A 出口〉

捕捉到香港人的寂寞，在〈示範單位〉中，察驗香港人的「家」原來「沒有靈魂」。他們在藥店的〈百子櫃〉發掘出中藥文化的珍寶，在〈颱風過後〉的大澳聽到一老人的悲歌。這十篇短短的、發自內心的文章溫暖了我的心。

燕青，謝謝你給我一個意外的驚喜：「八十後」並非「沒有理性」、「暴力」和「衝擊核心價值」的一代——他們的心中仍然有夢、有情，他們的筆桿竟是如此有力！你為每篇章撰寫導讀，也給我上了文學創作的一課。

謝謝你對文學創作的理想一直堅持，並且以生命灌溉培育新一代的創作人。年輕人仍然是這城市的未來，我們有幸與他們同行，見證他們毋懼逆境，在愛中成長。

蔡元雲醫生

突破機構榮譽總幹事

存留到世紀末

這本文集，收錄了四十一篇二十一世紀初香港青年大學生的作品，以及他們的寫作老師胡燕青為每篇作品所寫的帶賞析成分的讀後感。

一本平實的書，構思簡單地分作四類：「成長」、「親情」、「教育」、「人文關懷」，完全沒有趕潮流，沒有考慮世俗心態，沒有煽情，以及激昂的論述，但是，八九十年之後，這書存留到這世紀末，仍然會叫讀者感受到它的鮮活，因為它保存着幾十顆真誠的青春的心，而當中所書寫的生活體驗，亦保留了一個時代的香港文化感性。

七十年代末，我讀浸會學院時便知道香港大學有一位寫新詩的胡燕青，但與她並不認識。她是典型的文藝青年，而我是醉心戲劇的電影學生，活動空間不一樣。九十年代中，我回到母校傳理學院任教，而她在同校擔任語文中心導師，因緣際會，共同梅花間竹地為《明報》教育版寫一個每週見報的專欄「大學臉譜」，於是我們認識了。她在專欄常常寫她的學生，字裏行間，讓我明白教育何為。

我們在同一所大學教書，但並非經常有機會碰面，反而，我常常在教職員飯堂遇到她。在非繁忙時段，她有時與大伙開新詩月會，有時一個人在那裏批閱學生的創作，許多時，則與個別同學談話，一談就個把小時。

每次看見燕青，她總會談到寫作教學，也常常誇獎學生——寫得好的固然，寫得不好的，亦能找出其中的優點。她説她比一般大學老師幸運，因為可以更早地看到這一代大學生的潛質。

這本書的文字，把文學技巧的運用與平實的生活觀察結合。當中，有恰如其分的幽默（例如零餘者環保袋中的 I am fresh 字樣，〈灰塵〉），散文中有詩一樣的意象（例如從母親的聲帶中撕裂出終日跑街孩童的暑假，〈拋一隻貓〉），而詩行中可以有論述（例如〈九龍塘 A 出口〉、〈課室〉）。我大學時的文字肯定沒有本書的作者們好。

我甚至認為本書幾十位年輕作者的文字，比七、八十年代文藝青年的更耐看。或許是我看得不多吧，但我總覺得那時的書寫只強調文藝，而這本書最看重的是價值，是作者們確實用一種可以稱之為香港風格的文字，描述這時代的香港。

看這本書，我看出了希望和關愛，並由此感受到一份承托力，讓疲倦的我們可以繼續站着，面對並不如人意的香港教育環境。只要能站着，只要還未倒下，就有機會再往前走，或許能走到可以看到路標的地方吧，我想。

盧偉力博士
香港浸會大學
傳理學院電影電視系副教授

一、成長

飛雪礦泉水

李鳳彥
傳播系

「給我一支大支裝飛雪礦泉水。」諾心對小食部的職員說。這幾乎是她每早的指定動作。轉過身，眼前是她再熟悉不過的景象：一顆顆深藍色的飯團堆滿了一張張黃色長方桌的邊緣，發出嘈吵的聲音。諾心向前走近，很不容易才找到幾張熟悉的臉。小肥正在把香噴噴的煎蛋放到口中，大象和娜娜在興高采烈地談天説地，迪哥則埋頭苦幹地抄襲小肥的作業。打了幾聲招呼，她就坐在他們的旁邊，腦海開始排練課堂上的演講辭。

「砰！」一支飛雪礦泉水落在諾心眼前的桌面，一個高而瘦削的身影閃出，在她的對面坐下。諾心頓時面紅耳熱。她低下頭來大力地吸吮飲管。「喂，今天有家課嗎？」他問。得到「沒有」這兩個字的答覆以後，他立即伏在桌上，爭取多一刻睡眠。諾心這才敢抬起頭，一面仔細地看看眼前睡得像個小孩的人，一面靜靜地喝水，盡可能保持寧靜。

「鈴、鈴、鈴……」早會的鐘聲取代了熱鬧的歡笑聲。他不情不願地爬起來。諾心原本滿滿的一瓶水剩下不到一半。他們跟隨其他學生魚貫地走到操場，分別搜索自己班的隊伍。比起自己的位置，諾心更關心的是他的所在，那好讓她能在一會兒漫長的早會宣布中，窺看他是不是跟自己一樣悶透了。

早會很快就過去，充實的上課天開始了。諾心是個用功而成績好的學生，但有時也會對老師單調又重複的話失去興趣，轉而望着她那支飛雪礦泉水發呆，心中渴望休息時間快來。小息期間，她不會待在課室裏，或去小食部，或去為水瓶添水，只是暗地裏希望會碰到他。要是早會、小息都找不着他，她會找藉口經過他的教室，看看那張書桌上有沒有放着一支飛雪礦泉水，就知道他蹺課了沒有。如果知道他沒有上學，她那天總是會常常喝水，喝得比任何一天都多。

午膳後的休息時間也是諾心一天中最期待的。陽光灑落在操場上，一堆黑影互相追逐，瞬間糾纏着，下一刻又散開，在球場的兩側來來回回。一個球體一次又一次地投進了圓框之中。她埋身於操場旁和樓上走廊那稀落的觀眾當中，眼神大部分時間都聚焦在球場上那一點。每看見球穿越過左邊的框架，她就會微笑着拍手兩三下。有時，她的視線會落在操場旁一排參差不齊的水瓶中那特別顯眼的藍色高身水瓶上。當球賽中止時，他總是會發現自己的水瓶被灌得滿滿的，樣子充滿疑惑。這時諾心轉過身子，咯咯地笑了出來。

光陰在汗珠點滴落在地面時偷偷地溜走。一年很快地過去，她再沒有見到他和他的飛雪礦泉水。之後的上學天總是平淡如常地過去，她的身邊仍是有一支飛雪礦泉水。

後來，就在諾心知道自己考上了全級第一名的那天，她在街上看到他，他穿着一間名聲很差的中學的校服，衣衫不整，右手拖着一個染金髮、校裙拉得高高的女孩。在女孩的右手還可隱約見到一個英文字的文身。諾心呆着了，她終於知道只有飛雪礦泉水是她和他的惟一共同點。

評賞

這個故事充滿青春氣息，讀之使人莞爾。一個品學兼優的中學女生迷上了籃球小子。他懶惰、無心向學、貪玩……但是這一切都沒有成為她感情上的攔阻，因為她是個盲目的粉絲。她暗暗追尋他、照顧他、欣賞他。

因為大家都喝同一牌子的瓶裝水，她感到自己與他特別親近。然後，現實把他們分開了。「光陰在汗珠點滴落在地面時偷偷地溜走。一年很快地過去，她再沒有見到他和他的飛雪礦泉水。」沒有激烈的痛楚，也沒有過大的失望，平淡的一年打開了她的視野——她成長了。故事沒交代她成長的原因，似乎暗示成長是健康少年的自然過程。重逢的一刻，她發現他大大落後，他幾乎再沒有任何吸引她的地方。當初喜歡他，並不因為他的品格。如今，她對缺乏內涵和品味的他完全失去興趣。她終於明白過來，換句話説，她長大了。故事説的不是男孩如何吸引，而是女主角怎樣自然地越過了成長中一些感情的迷障。

李鳳彥把女孩暗戀男孩的整個過程記錄下來，當中沒有揶揄諷刺，沒有刻薄言辭，只有許多人人都幾乎做過的事。

第一段非常真切活潑地描述了中學生的生活。在喧鬧人羣中，她安靜的暗戀情懷沒有人察覺。到她長大了，仍沒有人曉得。熱鬧的場面更有效地凸顯了她少女的祕密。當她終於明白到這段感情的愚昧，大家仍然一如往日，只知道她是全級最棒、最聰明的同學。最後一段文字奇峯突出，把兩個主角所選擇的路清晰地分開了，對比起來，之前的短暫重疊顯得既珍貴也可笑。本文的優點，正正在此。

續借

鞠錦明
歷史系

成長

《小飛俠奇遇記》本來簇新的封面，經幾次續借後，沾上了油漬。當圖書館服務員從男孩手上接過這本兒童插畫本時，剛套上的手套也不能倖免。據電腦資料顯示，該書分別在大埔、九龍城、長洲各館辦過續借服務。圖書館管理員板起臉孔，斜睨着男孩說：「小朋友，你沒有圖書證，可不能替你續借喔。」男孩隨即原地蹦跳示威，雙腳鞋帶逐漸鬆開，像兩條跳動的繩。由於投訴無門，男孩終究還是把書本硬塞進背包裹，然後乘計程車離開。

城市上空散佈着鳥語，嘰嘰喳喳的鳴叫喚起男孩去年的記憶——當時他曾問母親：這些像鉛筆一樣直的電燈柱，是為鳥兒築家嗎？計程車到達目的地，司機便喝令男孩快快下車。男孩好不容易地背起兩條肩背帶，慢慢離開舒服的座位。待男孩愈走愈遠後，司機便走到車廂後座檢視一番。背包原是深褐色這回事，大概只有男孩和送他這個背包的二叔才知道。

晨曦直射到冰室那副瓷做的招牌，照着「便利冰室」四個黑糊糊的標楷字。嵌在店舖外牆的玻璃鏡子受霧濕影響，顯得鏡中那個男孩好像多長了一點肉似的。可是，男孩那空盪盪的胃部隆隆地響，拆穿了鏡面呈現的假象。蛋撻陣陣香味自玻璃櫥櫃飄來，在冰室門前久久不散。男孩隔着厚厚的玻璃櫥窗細看蛋撻，舌頭不禁擦一擦上唇。

冰室開始營業不久，夥計們剛剛換上不算潔白的制服，還來不及準備好工作時該有的表情和勤快。男孩輕輕打開店門，熟練地低頭，逕自走上閣樓。走上樓梯時，還未綁好的鞋繩斷斷續續地發出噠噠聲，引起夥計們的注意。夥計們見男孩捧着書進來，便笑說他將來定有一番成就；老闆更誇耀自家出品的食物，是男孩如此好學的原動力。大夥兒一面吹牛，一面吃吃地笑，但男孩對這些關於他的笑話毫無反應。大家便換個話題，轉而討論新一代馬王「好爸爸」的強勁走勢。

兩件黃油油的蛋撻送到男孩面前，跟原先那些放在櫥窗裏的一樣精緻。男孩顧着閱讀，同時用兩隻小指頭捏住蛋撻紙，使勁地咬嚼香脆脆的酥皮。不久，蛋撻紙以至桌面上便鋪上了一些碎屑。夥計老陳在收拾餐碟之前，總會捏住男孩那張雪白的臉蛋，又揉又搓。男孩想，要是這一捏之後，大人會賞他一顆珍寶珠，那就來者不拒啊。「唉喲，不要隨便接受陌生人的恩惠喔。」男孩東張西望，找不到這低啞的音源。

懸掛在天花的墨綠色吊扇不停地旋撥，男孩將餐牌橫擱在《小飛俠奇遇記》那張已攤開的內頁繼續閱讀。上星期二叔携男孩到圖書館辦理續借時，身穿整齊套裝的圖書館姐姐贈予男孩一張米白色書籤，上面寫道「別丟下我啊」這幾個卡通字款。然而，男孩卻認定圖書館姐姐在笑他續借那麼多次仍未讀完。「唉喲，不要隨便接受他人的恩惠喔。」低啞的聲音再次在他耳邊嘮嘮叨叨。其實類似的話，男孩蜷伏在母親懷裏時早已聽過好幾遍。於是他有點不耐煩地想：我被大人們連累才看得這麼慢呢，要不是整天大人在旁邊不停地煩着，我一定會很快把書看完。

男孩幾乎看得出了神，連方玲姨進來了也不曉得。平日愛跟女人搭訕的老陳沒事忙，只好凝望站在門前、身穿一件黑色麻紗長衫、肩上披着一條紅玫瑰圖案絲巾的方玲姨。老陳大概想，與其對着掛牆的電視機發呆，不如定睛注視眼前這女子。於是老陳逐漸靠近，然後用剛才抽煙的右手，趁方玲姨不為意時，輕掃她背面那塊順滑的麻紗布料。為免被佔便宜，方玲姨嬌聲嗲氣地説：「不要啊老陳，白天才剛剛開始，你先專心工作吧。」説罷，她便脱下墨鏡，掃視男孩究竟在哪，怎料數條魚尾紋瞬間自眼角露出，像是褪不掉的眼淚。夥計們不約而同地別過了頭，重新投入電視機放映着的色彩。

惟獨老闆一人懨悶地伏在收銀檯前，對着一堆排列整齊的硬幣愁眉苦臉。見方玲姨光是站在門邊，他便立即向樓上大聲叫喊。男孩向門口俯視，發現方玲姨正側起頭瞄向閣樓的自己。

不久，冰室的門又被用力揪開。男孩低着頭，單憑一隻粗糙的大手來辨認前路。方玲姨沒有拂開男孩的手，相反，她將男孩的小手握得很緊。看在那張令人瞪眼的支票份上，否則她不會做出這樣自暴其短的動作。待會到銀行入票後，真的要添購幾盒抗皺營養素，她想。

左手那隻衣袖忽然被人費勁地撥動，快要被扯破似的。男孩見這動作並未收到預期的效果，便動口嚷着：「小飛俠又到期了，姨姨快帶我去續借吧。」這刺耳的聲音不識趣地打破了方玲姨片刻的寧靜。「你這個不知好歹的小滑頭，你爸媽、你叔叔、甚至你外婆他們統統跑到各處圖書館，替你續借好幾遍了，現在又來麻煩我？別浪費我的青春啊！」男孩來不及明白何謂「青春」，後腦勺已被用力一推，頭上那頂鴨舌帽跟他一併跌進車廂後座，那張硬繃繃的沙發上。

方玲姨冷冷地交代外婆居住的公寓位置後，男孩便隨着引擎和死氣喉的聲響，絕塵而去。

評賞

圖書可以續借，但照顧孩子的人呢？也可以一個接一個地連續借來嗎？鞠錦明筆下的小男孩，被大人拋來拋去，沒有固定的落腳點，因此也難有安全感，因為輪流照顧他的親人分別住在大埔、九龍城、長洲……一個接一個地把他帶到另一「暫居之地」，例如在毫不相干的茶餐廳裏由毫不相干的夥計或收錢的阿姨把他領去又留下。給人一次又一次續借的《小飛俠奇遇記》原來正是孩子的寫照，也是他惟一的安全區。我們的下一代在怎樣的情況下成長呢？讀者心中有數。

孩子可憐，但是，作者一點賺人熱淚的企圖都沒有，他把感情控制得恰如其分，筆調還帶點調皮。這一點非常值得欣賞。很多初學寫作的同學喜歡把百般慘況集中到一個人身上，以為這樣大家就會大發同情之心，其實這反而叫作品失去說服力。這個孩子似乎還相當開朗，他竟然對自己的處境毫不自覺，我們的憐憫之情因此就更龐沛了。

故事本以孩子為中心，但是，作者用了大量筆墨描述圖書館的姐姐、的士司機、茶餐廳夥計和那位阿姨。孩子的親人反而是隱身的。為什麼呢？那是因為旁人的庸俗、自私和冷漠其實都可以理解，但親人的不在場卻使人傷心。這種間接的推理式寫法非常有心思，值得學習。

LONG TIME NO SEE

杜穎琴

中文系

成長

師奶篇

升降機門關上

負載着沉默的空氣上升

廣闊的空間渴望有人填滿

見她按十四樓時我已經認得她

視線交鋒的一瞬

目光立即轉移到隨身聽的屏幕上

把適中的音量調高

十多年的代溝我猜她無法穿越

「你係咪杜太個女啊？我係楊太呀！

呢！幼稚園嗰陣我個仔同你一班嘅呢！」

「係呀？又好似係喎！」

祝你學業進步，一封利是在門關上前

瞬間跳到我手

同學篇

兩次行人路上的左右交錯並沒有
安全停留的一點
那年一起分享的五日四夜
你叫我堅守你吸煙的祕密
迷失了的東京鐵塔
被紅光鎖定的幾道彩虹橋
遍佈陌生的新宿夜街頭
身旁存活至今的 agnès b. 手袋
一併交匯在紅綠燈前
我看到你看到我
兩次綠燈後
你都匆匆走過
剩下那年你在日本一直期待着
卻沒勇氣剪的清爽短髮
在眼前一晃

朋友篇

飛機告別前
知己在跑道上預先降落為普通朋友
附有空郵標貼的心意曾經互相傳遞
然後各自生活在時差八小時的軌跡上
你永不停歇的笑聲點點蒸發
七年後的某一天
電腦帶領你從我的姓名和生日日期
重新找尋到我
七年的空隙縫合又分裂
我從心中抽出惟一的話
LONG TIME NO SEE
靠指尖溜給你
相約遲些再見？你？
注視相片中一個鬈髮抹濃妝少女
我發現
夢中多次演習的相遇
距離從未上演

評賞

讀這個作品，心中湧起莫名的傷感。人與人之間的關係原來是這樣脆弱的。

這首詩記錄了三次意外的「重逢」。第一次，作者自己裝作不認識樓上的太太。年輕人不願意與成年人相認是因為怕麻煩、怕應酬。但是，這位太太的熱情和直率讓作者感到慚愧。第二次，作者與舊同學遇上。她們曾經一起到日本旅遊，非常親密，如今重遇，竟裝作互不認識；但是作者無法忘記當時的細節：手上的提包就是印證。第三次，好友遠赴海外，作者仍常常夢見她，可見她實在捨不得摯友離開；但兩人之間書信漸漸疏落，許多年後只能在互聯網上「相見」。可是，網上的「好朋友」，已經不再是原來那個人了。三個故事加起來，見出世情變遷，人與人逐漸疏離，一切都不在我們掌握之內，成長充滿無奈。

杜穎琴的詩有動人的情節，讀來趣味盎然；她用幽默筆調寫傷感的事，仍能控制自如，功力深厚，不像二十歲的少年人。最使人驚喜的是文字的機智。例如：「兩次行人路上

的左右交錯並沒有 / 安全停留的一點」，在寫實層面上指兩人在過馬路時遇上，但沒有利用安全島打招呼敘舊，暗示兩人都缺乏相認的安全感；又如：「知己在跑道上預先降落為普通朋友」，指好友離開香港的剎那，飛機上升，但友情已經下墜；可謂言簡意賅，文筆使人佩服。

作者用年輕人日常語言寫日常生活細節，清新自然；有時甚至用上英語或方言。這樣實無不可，重點是要有目的、有意識地用。因為無法掌握現代書面漢語而錯用、亂用者，算為語病，不在此列。此外，用語境內現實生活事物作意象，效果特別好。

逃亡

蔡崇熙
人文學課程

燈光徐徐亮起，一個又一個陌生的名字在大銀幕上閃過。鄰座的女孩緊挽着男孩的手臂，頭依偎在他的肩上，順直的長髮把臉龐遮了大半。她瞥女孩一眼，心裏暗說：「鼻子太扁。」劇情幾乎都忘掉了，算是一套挺感人的戲吧，反正鄰座的女孩好像沒怎麼停止過哭。

小情侶的爆谷吃剩不少，杯裝可樂一高一矮地插着兩支飲管。男孩在女孩耳邊輕聲分析電影的配樂，女孩微笑地點頭。她偷瞄一下男孩的手臂，「太瘦了。」

她對完場音樂無甚興趣，倒是那空調輕輕地吹着頸背，舒舒服服的叫她不願離開。小情侶牽手走了，她把手伸過鄰座，隨手抓了幾粒爆谷往口裏送。爆谷早就軟掉，焦糖在她口裏融化。

推開沉甸甸的鐵門，街燈早已亮齊了。天空是暗橙色的，她知道明天要下雨了。這是同班同學阿軒告訴她的。阿軒的個子小，在班上坐在她前面。有時上課無聊，她就從後在阿軒的椅子上踢幾腳，示意他把筆記借給自己塗鴉一番。縱然時有怨言，阿軒總是乖乖地交出筆記。她也說不清自己是喜歡在別人的筆記上亂畫一通，還是喜歡看見阿軒那無奈的神情。至於天空的顏色和下雨的關係，她也想不起阿軒是何時告訴自己的，大概是在某次放學後，他們一起走向通往火車站的路上吧。

便利店的光管很耀眼，予人時空錯置的感覺。她在飲品櫃前站了好久，終於選了一罐啤酒。她跟店員要一包香煙時，垂下頭掃視着架上的雜誌標題。店員熟練地把煙和零錢遞過，沒有一句多餘的話。

海面披着一層曖昧的霧，模糊了對岸的山線。她靠在海傍的欄杆上，遠處傳來滑板滾動和青年的嬉鬧聲。她把耳機戴上，閉上眼睛想像下沉的感覺。酒精明目張膽地發揮作用，在她蒼白的臉塗上胭脂。全身的血管彷彿都在擴張，她默默數着脈搏跳動的頻率。血液不停泵進腦海，打斷重重疊疊的思緒。她想起會考前的那個聖誕節，阿彤和她在海傍用杯子暖着手，說着自己未來的工作，未來的丈夫，未來的家庭。

兩年過去，阿彤上月結婚了。飲宴開始前，阿彤雀躍地把她拉到一旁，告訴她：「是個女孩！」算是意料中事吧，她除了「恭喜」以外，也不能在自己的詞彙庫裏挖出一句表示驚喜的話。

腦袋開始脹痛，她覺得應該抽煙。她打開盒蓋，用指尖抽出一根煙。她把煙放在手心，猶疑着應該用食指和中指，還是食指和拇指夾煙。稍一猶疑之際，煙就乘着海風降落水面。她望着被一片烏黑包圍着的那根煙，幾乎失聲驚叫。沒辦法，她只好再從盒子裏抽出一根煙。這次她學乖了，連忙把煙含在嘴裏。指縫間黏着焦糖的餘香時，她想起自己沒有買打火機。

坐在巴士的上層，她看着城市的故事逐格播放。在霓虹招牌下的每張窗簾背後各有世界。她隨意地打了個嗝，酒精的氣味在空氣中散開，玻璃窗反射出自己正滿足地笑。巴士在紅綠燈前停下，她最終也壓抑不了看錶的衝動。一時二十分。阿軒大概回家了吧，也不曉得他們剛才的飯局怎樣了。起先她是嚷着要一起去的，才不管是什麼英超球賽，什麼男生聚會呢。她從口袋裏掏出手機，把整個通訊名冊都瀏覽了一遍。不知怎的，她決定撥個電話給阿軒。電話響了兩次，她不待有人接聽，便掛了線。

走了三層樓梯，她覺得比平常累得多了。她屏息站在門前，留心聽着裏面的聲音。那人該走了吧，畢竟媽媽不是晚睡的人。她想起他那永遠藏着食物殘渣的牙縫，不由自主地皺起眉頭。空氣在她的耳殼內醞釀成一場微型的風暴，她深呼吸了一下來抵抗四周的寂靜，下意識地摸了摸口袋裏的煙包，把鑰匙放進匙孔裏旋轉。

然後，她聽見門鎖那聲熟悉的回應。

評賞

一開始讀這個作品，我們會問：為什麼文中那個「她」會一個人去看電影？為何進了場，「她」卻只顧看人而不看銀幕？為何「她」要在善良的同學的筆記上亂畫？她明明不會吸煙，為何要買？種種跡象告訴我們，「她」很無聊、很寂寞，但又「不能」待在家裏。最後一段，懸念解開：「那人該走了吧，畢竟媽媽不是晚睡的人。」原來某位男士來看媽媽。作者非常聰明地點破了女孩（她）的身世。她的家破碎了，媽媽重新戀愛，某位叔叔來看媽媽的晚上，「她」可能接受不了，也可能出於禮貌，避到外頭去打發時間。文題〈逃亡〉可圈可點。説來可悲——這是一種怎樣的成長呢？成年人為何給我們留下這樣沉重的包袱？有家而流離，有親而孤苦；錯不在自己，卻要逃亡……但願這個作品能讓成年人深刻自省。

作者的語調一直保持平靜。「她」在電影院暗暗批評女孩易哭、扁鼻，男孩太瘦，好像很超然，其實這正好呈現了「她」的嫉妒。對呀，「她」不哭，「她」漂亮，但她沒有男朋友疼愛，也無家可歸。好友要生女兒，理應熱烈恭賀，但「她」反應冷淡。這些輕巧的敘述，叫讀者更感悲涼。原來「她」比同齡的女孩，甚至她的母親更蒼老、更看透世情。這該算是早枯，還是早熟？

文學描寫，就是有選擇地記錄細節，叫讀者「親」歷其境。這能使文章產生巨大的感染力。如果作者寫道：「她因為無聊，一個人去看電影，看見前面的情侶，恨不得他們散掉。回家路上，她買了一包煙來抽，以打發時間……」那就不是文學了。

作者明顯是寫細節的能手，通過「她」對周圍細節的記錄，加上三言兩語的感受，就把主角的複雜背景交代清楚了。但是，他從來沒有用流水賬的方法、以寫編年史的呆板方式列舉「她」的不幸。他是怎樣做到的？只要我們把文中提示她家庭狀況的句子找出來，細細揣摩，就可以明白作者所用的方法了。

表演者

王道顯
人文學課程

小丑之歌低沉
輕輕降落城市裏
在陰暗角落屈膝變形反側
臥者起來練習嘻嘻哈哈跳過小橋流水
有點不習慣踏石五十步笑了一百
路邊的風琴吉他也化上艷妝
胡亂地拉扯彈撥微微左右轉彎
哈哈鏡裏反復照出哄笑的謊話
氣球也可以扭曲成各樣煽情的狂想曲
過客會扮個更浮誇的鬼臉
踏石五十步又笑了一百
慶典過後會回家抹去過重的粉底
暫時脱下倦了的肌肉
怎麼沒有了眼裏的光？
怎麼沒有了翹起的嘴角
怎麼沒有了？

評賞

這首短詩的主題不難理解：一個城市人長大後不能再以真我示人，經常得像小丑一樣，掛着笑臉，娛樂他人。其優點在於作者緊密地經營意象，用與小丑相關的東西來指出城市美麗的色彩裏其實充滿虛謊。例如「路邊的風琴吉他也化上艷妝／胡亂地拉扯彈撥微微左右轉彎／哈哈鏡裏反復照出哄笑的謊話」，甚至連給小孩子玩的氣球，也「扭曲成各樣煽情的狂想曲」，而無關重要的「過客」也不會用真面貌與我們相處。

作品發人深省的地方，是小丑回家時要摘下會笑的臉，讓真正的「我」歸來。可是，作者説，扮小丑笑扮久了，反而再沒有喜樂可言。如果我們只顧發展外在的形象，忽略內心的美質，後者就會漸漸消失，最後，連本來的光彩都失去。

這個短短的作品最讓人喜歡的地方是恰到好處的語調。什麼是語調呢？台灣教育部《國語辭典》的定義是「説話時輕重、緩急、長短的聲調」，或是「作者表達其旨意時所持的態度與腔調，有時與主要人物觀念一致，有時保持距離以作批判。」《現代漢語詞典》：語調指「説話的腔調，就是一句話裏語音高低輕重的配置。」《辭海》：「句子裏聲音的高低變化和快慢輕重。」這樣就很清楚了。例如首四句漸漸加長且變得複雜，小丑的形象也愈來愈接近、愈來愈清晰、愈來愈具體、愈來愈細緻了 —— 這就是語調。又請看看作品末段：「怎麼沒有了眼裏的光？/ 怎麼沒有了翹起的嘴角 / 怎麼沒有了？」假如沒有了第三行，只在第二行末就加上問號，就只能表達核心信息，不能呈現小丑覺得此事難以置信的可悲情態了。可見能夠掌握語調，會使作品閃閃生輝。

夜行

張紫茵
人文學課程

成長

剛灑了一陣雨，烏雲散去，魚肚白的天空漸漸轉成灰藍，卻揮不去瀰漫在空氣中的悶熱。巨大的商場外面，我一下子就認出你。你將我借你的小說捧在手中，爭取時間閱讀，趕緊在下星期二上機前歸還，依你的說法是「不拖不欠」，你還不忘舉例：十年前一個星期天的上午，母親把房子的鎖匙還給父親，就拖着你和妹妹，還有幾個巨型行李箱離開，兩邊從此不相往來。本來數萬字的回憶，你說來竟似一紙備忘乾淨利落。

商場內外燈光通明，沒有隱藏的餘地。我們往前走着，眼前迎來一張熟悉的面孔，是寫作班的女同學。我雙眼忽然失焦，也許這是心虛或者坦白的症狀，然後我只能看見你襯衣上，粗幼一樣的黑和白，在柔順的棉布上刻成僵硬的平行線。事實上，她對誰也沒有特別關心，純粹交換幾句近況，再擠出證件相那樣的笑容，而你亦如常瞇起細長的眼睛，老練地笑說是朋友錢行，附一句不慍不火的遲點見，就把她打發掉。我在你背後本能地向她揮手道別，像被嵌入了背景，顯得黯淡了。

場景換到壽司店，剛才輕鬆的聲線仍像耳鳴。侍應將你點的壽司放在狹窄的餐桌上，兩個人就平分一碟兩件的秋刀魚。你向來堅持各付各的，不管是吃薄餅、意粉抑或炒菜，一律必須分成兩份才公平；不過，有些事情怎能撇清？我在心裏盤算一下，挑了較小的一件送進口中，較大的留在塑膠碟上，不過你顯然沒有察覺，吞下後繼續自說自話——機票訂好了，五千元不算太貴，還有學生優惠，可以多帶十公斤行李，又可免費更改回程日期，要遲點回來也方便。冷氣稍稍地吹在頭上，我摸摸自己的手臂，發現早冰冷得像薄薄的生魚片；看來仍然紅彤彤，底下卻是一陣寒意，就連忙灌一口熱茶。

「母親等我回家喝湯。」你再看看手錶，若有所思地說：「要誰等太久都不好。」

甫結賬，我還未來得及收好信用卡和收據，你已從錢包找出一堆紙幣和零錢硬塞過來，我沒有心思點算就收下。

我們匆匆步出商場，人羣的聲浪將我們似有還無的對話蓋過，有時一輛車子打斷了你的話語，有時店舖播放的流行曲模糊了我的聲線。我們拐了幾個彎，喧鬧愈來愈遙遠。白天熱鬧的市場早已沉默，兩旁的攤檔也蓋上帆布。偶然有些路人走近，但在曖昧的燈光下，都化成淡灰的身影，無聲掠過。「慢點走，我們還有時間。」低迴的聲音像拉住我的手，我放慢腳步，低下頭，小心翼翼避開驟雨留下的積水。

不知走了多久，你喃喃地說：「你明知……」零零碎碎的字詞，就像路上毫不顯眼的沙石，踏在腳上不太實在 —— 我明知？我知道什麼了？想着就失神而踏中一個水窪，濺起的水花準確地落在你的白色布鞋上，一下子就綻開。

不過，我沒有道歉，你也無意責怪我。

雨水漸漸穿過鞋底，表面上我的黑皮鞋依然完好，但襪子滲水後濕漉漉地黏着，難免令人難受。可是我沒有作聲，從衣袋裏拿出一張紙巾，半彎着腰，俯身擦拭你的布鞋。你雙腳顫動了一下，尷尬地固定在原地。這刻我居然記起六歲那年，家裏一面白牆的油漆剝落，我就用塗改液，如完成填色練習般，認真地填補牆上的洞。過了好些日子，母親發現一塊塊的灰色就責罵我，可是無論如何我也不願解釋——我只是想盡力修補一堵牆罷了。

我專注而賣力地抹着，直到紙巾漸漸磨成紙屑，才抬起頭來。

「這樣公道。」我說。

「對不起。」這話說來，反而有點客套。

我們踏着半濕的鞋子，穿過公園和隧道，終於到達巴士站。我停下來等車，你上前查看班次，回頭說：「十至十五分鐘一班，不過說不準。」我們還有時間，但是我已經找不到合適的對白，只好絮絮地囑咐：「那本書不必還我，帶去英國吧，想念中文字的時候可以讀。」

你輕輕答一句謝謝以後，話就接不下去，我們好像還在等待些什麼似的。

「十二月，你來看我好嗎？」

秋夏之間，空氣仍然依戀盛夏炎熱的味道。你隨意捲起衣袖，突然黑黑白白的線都糾纏在一起，分不開了。

評賞

這是個愛情故事。故事裏的男孩（你）快將遠赴海外，臨行前與心儀的女孩（我）約會。

男孩來自破碎家庭，對愛情或多或少有點不安，怕失敗、也怕拖累對方，因此行事為人一直奉行「不拖不欠」的原則；與女孩甫見面，就想着要「還」書；吃完飯，馬上把一半費用交「還」；他又提到回程機票的時間可以更改；他説媽媽等他回家喝湯時，不忘加上耐人尋味的一句話：「要誰等太久都不好。」深層意思是自己要出國了，沒有權利要求對方等他，實情是他缺乏自信。

可是，女孩的看法不同，她認為感情不是拿來計較的：「有些事情怎能撇清？」她不斷小心地肯定他。她説：「那本書不必還我，帶去英國吧，想念中文字的時候可以讀」，暗示他可以帶着她的祝福離開，他欠她的，不必急着歸還。男孩受到鼓勵，鼓起勇氣問道：「十二月，你來看我好嗎？」因此，雖然分離在即，他終於表達了對她的愛。

作者的筆觸敏細而蘊藉，非常耐讀。後現代男女走在一起，大多因為一時衝動，很少好像這兩位年輕人一樣，經過深思熟慮，生怕傷害對方，表達感情時非常溫柔。最動人的是男孩在女孩的幫助下，慢慢克服兒時的恐懼和傷痛，勇敢地釋放心靈的呼喚，投入眼前的這段感情。不錯，真愛讓人成長，而且值得等待。

描寫人物或事物的時候，我們可以同時表達深層意思。例如作者兩次描述男主角的衣服，第一次說：「⋯⋯你襯衣上，粗幼一樣的黑和白，在柔順的棉布上刻成僵硬的平行線。」第二次卻說：「你隨意捲起衣袖，突然黑黑白白的線都糾纏在一起，分不開了。」暗示了兩人感情的進程。這種寫法非常有趣，也很含蓄，我們不妨參考一下。

種豆

黎敏儀
人文學課程

從常識生活科

我學會了生物的特性

生命見之於成長

成長是什麼呢

老師吩咐我們回家去種豆

糧油雜貨舖裏

豆按顏色而區分

在細小的木方格

木訥而內斂

皮內皮外

只有頑固的堅硬

看它們如此沉鬱

我無法想像

某種力量

可掙破身上的傷口
開出一樹碩果纍纍

拿着被月曆裹着的綠豆
我感受到一種無名的堅實
太陽曬在月曆紙上
千百顆腦袋在萌動
彷彿我別過臉
它們便會開出兩瓣小葉
在我雙手中間生出了根

回家後
找來沾濕的藥棉
鋪設在一個金莎朱古力膠盒內
小心把一切放在窗台
我故意不關燈
怕它們會睡過了頭
忘記身負重任
翌日早上
身上已掙出白色的小手

各自蓋好青色屋簷

陽光下分外含羞

每天我站在小矮凳上

我倆互相凝望

為對方暗量高度

直至一天

身體長出了

不需膠凳

視線輕易越過垂下的頭：

　　不是懶惰

　　不是疲累

一些東西在消逝

當鐘聲愈迫愈近

我沒有告訴老師

那年

綠豆向我說了一個祕密

評賞

這首詩充滿童趣，也非常抒情，到最後，更喚起我們心裏輕輕的無奈。

我們小時候都發過豆芽，都曾目睹作者所說的「某種力量／可掙破身上的傷口」，但都沒有耐性等待它「開出一樹碩果纍纍」。可是，經過時間的洗禮（以「太陽」和「月曆紙上」為喻），自己卻成長了。但到人真的長大了，身體卻「長出了」「鐘聲愈迫愈近」當中的「迫」字，點出作者已經到達不想長大的年紀。曾經渴望成長，現在卻害怕成人世界，這，就是綠豆的祕密，也就是成長的祕密了。

用簡單樸素的語言、孩子氣的語調記錄一件幾乎人人都經歷過的童年往事，能喚醒很多人的回憶。遊戲機發展迅速，日日不同，記錄下來也沒有意思。但是，種豆、爬樹、在屋邨長廊上跳飛機、蹲在地上看螞蟻走路、等待春天的木棉樹開花、看鄰家小狗出生然後給賣掉、與哥哥爭看同一本漫畫……這等豐富的生命記憶，都教人回味。很多青年人都愛寫童年，人人寫的都不同，但情懷共通，何不一試？

拋一隻貓

胡冠東

歷史系

那個年頭，我大概十一歲，隨着美國的亞特蘭提斯太空穿梭機在無邊無際的宇宙中，第一次成功跟和平號太空站會合，我就莫名其妙地愛上了拋東西。

這可能是一個巧合、一種不可思義的連接，或只是無意義的錯配，但誰曉得呢？當時我已聽過關於黑洞的一兩個故事，對「事件穹界」（Event Horizon）還是一知半解，愈想不明白，愈覺得耐人尋味，拋東西的習慣就這樣靜靜地養成了，靜得幾近透明，無法看破。

除了重得無力提起的東西，其他的我都可以隨手撿起來拋：鑰匙、鉛筆、一條香蕉、一瓶水、一支羽毛球球拍……拋得高高的，觀看它在半空中沿着奇特的軌跡旋轉，我被懾住了。那種姿態的美，比得上燕子在一碧如洗的晴空中留下乾淨利落的弧線。當它碰到最高點，周遭的一切都好像慢了四分之一秒。我看得入神，儘管眼睛被八月的太陽照出眼淚，但透過捕捉這種比擦亮一根火柴還要短暫的慢動作，我總能獲得安慰。於是我每天重複這種玩意，後來它變得不自覺了。

別的小孩的一身勁兒都跳到了海裏去、放到了天上去、爬到了樹上去，而我的大多是拋到半空去。偶爾我會失手，接不穩下墜的水瓶或者鉛筆，「啪」的一聲，重重地摔到地上，我才驚覺自己的無聊。已經黃昏了，媽在遠處大喊我的名字，催促我回家吃飯，暑假就是從媽的聲帶中撕裂出來的。我甚至會對墮斃的「屍體」發呆，不明白自己是誰？為何身處此時此地？有一回我凝視着摔在地上的香蕉，香蕉四周滿是焦急的螞蟻羣，看着這個營營役役的幾何圖形，不時變動，目光就變得散漫了，腦海盡是浮着出現在電視上的冰山。那是我對電視節目最早的記憶：我站在比頭頂還要高的電視機前，仰望熒光幕上冰山崩塌的情景，看得怔怔出神，旁述說：「南極的冰山每年以三毫米的速度朝我們的方向移動……」

好多東西都悄悄地接近，悄悄地遺失。大概有一個地方收集了全世界遺失的玩具，很小的時候，我以為是馬桶，總相信它能通往那個地方。有一個拉肚子的下午，我對自己說我只能夠鍾愛一種玩具，於是把其他的一件一件地掉進馬桶，真摸不着頭腦。我想，只有在回憶和夢裏，才能沿途撿回一兩個。

那時候面對自己的凝視，想躲也躲不過，不似照片，照片中的我已被封鎖在剎那間，跟現實的我已經站在不同高度的地平線，我們都看不見對方，別人更不用説了。譬如現在我打開照相簿，拿出外公那張長滿黃斑的頭像特寫，它只能讓我認清楚外公的面容。我放下照片，他抽水煙的姿態，連同下午三點多的陽光、輕裊的煙、躲懶的貓、淺搖的椅子、藏垢的指甲才一一拼合起來。最後我還看見十一歲的自己，蹲在貓的旁邊，撫摸貓背，貓不自在，一翻身就滑走了。那個我突然回過頭來，一臉茫然。

那是 1995 年的事了。一個悶得會淹死一堆螞蟻的假日上午，難得爸媽都在家，表哥表姐姨媽他們都來了，卻都忙他們的，我賭氣不吃飯。一時多，天空藍得發脹，看久了眼睛會刺痛。一張張繃緊的臉孔轉眼就晃過了，他們都帶着忐忑不安的一顆心跨進了外公的家門，我才漸漸明白過來。外公家跟我家之間只隔着五間屋，我蹲在家門口，把一切看在眼內。村口那個醫生走在媽後面，我就是討厭他跟在媽後面。媽每次帶我看病，他總跟她聊個不停，還把我留在座位上，帶我媽到後園去看那些仙人掌。我瞟着他們跨過外公家的門檻，一隻野貓正巧走過。我跑不過大貓，小貓跑不過我，我衝過去，牠鑽到巷子，我追着那條尾巴。巷子裏有一個窗口，我一蹬腿就能看到裏頭的牀。巷子盡頭有一個小小的排水口，聽説貓摔了進去會淹死的。窗子裏面住了一個男人，一到夏天他就光着上身，有一回我偷偷看見他連褲子也沒穿，在玩他的鳥。

要是外公知道我欺負貓，定會用那支水煙來打我的屁股。他最愛喊我「砍頭」，我最愛到他家討包子吃。外婆對我説，我媽知道外公叫我「砍頭」，心裏不高興，她要我跟外公説別這樣喚我，我自己倒也無所謂。外公不常在家，我對他的行蹤毫不好奇，但他的水煙卻寸步不離他的竹椅子。竹椅子靠近門檻，水煙依着竹椅子，我一跨過他家的門檻，總會嗅到一股草煙味兒。要是發現煙嘴掛着一個麪包，叉燒包、奶黃包、菠蘿包什麼都好，我認為是他喝早茶時特意留給我的，一手「拿」了便溜，往上抛一抛，或者嘩叫一聲、大力踏步，把蹲在門外的貓嚇跑，也好壯壯膽子。有時候我心虛，感到背後一陣陰冷，連忙回頭一瞧，小屋空盪盪，黑壓壓，陽光爬過門檻就屏息以待了，不時聽見外婆在房裏乾咳。水煙依着竹椅子的影子拖得又長又醜，跟煙筒子的一條長裂縫一樣，老一千歲。一次趁外公去了拉屎，我偷偷的抽一口水煙，便嗆得眼淚也擠了出來。那傢伙滑溜溜的，像主人的光頭。當他不在家，那傢伙的裂口像藏了隻怪眼睛，一直盯着我。

八月的汗水格外的鹹。我像隻被咬破了後腿的狗，發瘋般跑到海旁的工地，狼狽地爬上又灰又白的小石丘，賴在三尖八角的石塊上。海很寧靜，工地上一羣追風箏的野孩子格外吵嚷，我認得他們，他們不時在這裏玩耍，實際上工地只有五個人，連我在內。起重機的吊臂凝神靜思，直戳晴空，晴空不破，卻把吊臂一口吞下去了。我隨手抓起一顆石頭，往上抛、然後牢牢接住；再抛，又一次抓緊，痛得脱手丟掉。激動過後，眼裏的一切都輪廓清晰，像刷上了一層油亮亮的光漆。風箏以四十五度角割開藍天，我想像自己手握石頭，朝風箏奮力一擲，正中「肚皮」，看着它墮毀而卡在樹梢上。剛才那個光着身子的男人罵得我狗血淋頭，我哭得力竭聲嘶。他罵我冷血、罵我殘忍，頸上青筋乍現，比外公手腕上的還粗。狠狠地噴了我一臉後，他要向我媽揭發，她兒子連一隻小貓也不放過。我連一隻小貓也不放過。我把石子擲到海裏，視線跟着漣漪往外游。這一刻，只有假日的海岸線依然溫柔。

至今我還分不清是夢境還是被建構的記憶，腦海總有一條冷冰冰的巷子，十一歲的我騎着三輪腳踏車，來來回回，那隻被我摔死的野貓一直跟在背後。後巷的混凝土地表有時平滑如絲，我踏得很快，快得能感到離心力；突然地表變得崎嶇不平，腳踏車發瘋似的顛簸，令我面容扭曲，腦袋發痛。我幾乎受不了的時候，它一下子又變得暢行無阻。當我累了，就捨棄腳踏車，一手抓起那隻野貓，用力往上拋——牠騰空升起，四隻腳失控地亂舞，沒有美麗的旋轉，也沒有變慢而優美的動作，直至摔在地上，四肢痙攣，最後貓爪子奇異地弓起。

媽從工地的入口歇斯底里地喊我的名字，我從未見過她把口張得那麼大，黑色的一個孔似乎脫離了軀殼，獨立存在、擴張。我走近時，她已經淚流滿面。她一直把我拉到外公牀邊，外公好像變成了工地上的大岩石，雙目緊閉，下陷的嘴巴微張，似有什麼東西要從口裏爬出來。我緊緊抓住媽的手掌，身體想離開卻又一直向下沉。正值此際外婆擠到牀邊，把一隻熱騰騰的「荷包蛋」蓋在外公嘴上。我扭過頭，朝門檻那邊看去，只見水煙光溜溜地依着竹椅，在一片飲泣聲中，它安靜得像外公嘴上的蛋。但我知道那隻怪眼睛仍然活生生的，死死地盯着我。

第二天我很少說話。傍晚我站在垃圾站外面，看清潔工人把一桶桶垃圾倒進垃圾車，我知道其中一個黑色垃圾袋內藏有一隻貓——我把牠摔死了，空氣很黏稠。一個清潔工人除下手套，扭開水龍頭洗手。我終於忍受不了，「哇」的一聲，吐了一地，餅乾、花生、米飯一股腦兒地吐出來。我俯視着一地的髒物，隱隱嗅到貓的味兒混雜着酸臭，就像水煙一樣嗆鼻。我擦掉眼淚，模模糊糊地萌生了一個沉重的直覺，好像有什麼東西比冰山還要悄無聲色地爬進了我的生活。兩星期後，我在浴盆裏經歷了第一次的勃起，很快又墮進了另一個徬徨。

去年夏天回到老家，我跟表弟和他的女朋友騎自行車到工地去。工地早已矗起住宅大樓，架滿了高架電纜，對岸的海岸線也拉直了不少，上面多了幾家夜總會。表弟長高了，比我高出一個頭，他還對我說這裏倒下了好多好多棵樹。傍晚我坐在岸邊公園的長椅上，迎着風。貓在假山上舔肉掌。表弟跟她坐在另一旁，不時偷吻。我入迷地眺望對岸的夜總會，不知何時亮起了一個紅紅綠綠的兔女郎廣告。我以比水平線高一點的高度凝視着自己的背影，離自己愈來愈遠，漸漸表弟被納入視線範圍，他摟着一個看不見的人接吻；兔女郎變成了貓女郎；我模仿着外公抽水煙的姿勢，抽一支透明的水煙。

評賞

這篇散文是非常成熟的作品，細緻地寫下一個男孩子從童年走進少年的經過。「那個年頭，我大概十一歲，隨着美國的亞特蘭提斯太空穿梭機在無邊無際的宇宙中，第一次成功跟和平號太空站會合，我就莫名其妙地愛上了拋東西。」高空象徵了長大的空間和自由，拋東西則描述了對高空的渴望。這種欲望卻是「無法看破」的。但是，長大，要從地面開始。小孩長到某個年紀，就會開始抗拒成年人的命令。作者說，暑假「是從媽的聲帶中撕裂出來的」，指出母親當時未意識到孩子正漸漸脫離童年，總是呼喝他，而他也太頑皮了，總是到處跑，聲音小點都叫不住。「好多東西都悄悄地接近，悄悄地遺失」，現實愈來愈接近，童年則慢慢消失了，他的心躁動不安：他開始明白到自己的殘酷和死神的殘酷，開始意識到人的性欲，開始明白工地所指向的城市變遷和舊情的流逝。他騎着的自行車顛簸不定，好像被什麼追趕着，於是把尾隨的小貓拋高。小貓摔死了，尾隨的陰影卻更清晰。他第一次接觸到死亡——貓死了，外公也死了，他開始明白人生夾雜着無以名狀的控訴和憤怒的痛苦。寫成長的作品很少能寫到這樣的深度，這是極其優秀的散文。

這個作品的優點太多了，說也說不完。我隨便談一些吧。第一，這篇散文純用感官經驗串聯而成，像新詩一樣筆觸跳躍。一般散文中許多「因為……所以……」「如果……就……」「不但……而且……」等線性用語，作者都較少採用。比方說這一段：「八月的汗水格外的鹹。我像隻被咬破了後腿的狗，發瘋般跑到海旁的工地裏，狼狽爬上又灰又白的小石丘，賴在三尖八角的石塊上。海很寧靜，工地上一羣追風箏的野孩子格外吵嚷，我認得他們，他們不時在這裏玩耍，實際上工地只有五個人，連我在內。起重機的吊臂凝神靜思，直戳晴空，晴空不破 ，卻把吊臂一口吞下了」就是一例，當中景色跳接之快，使人目不暇給。

文中的意象，同樣神龍見首不見尾，但其降落的姿態，可謂恰到好處，例如：「後巷的混凝土地表有時平滑如絲，我踏得很快，快得能感到離心力；突然地表變得崎嶇不平，腳踏車發瘋似的顛簸，令我面容扭曲，腦袋發痛。我幾乎受不了的時候，它一下子又變得暢行無阻。」正是所謂的成長的憤怒，來得快，去得也快。

作者善用語文上的超常搭配，給我們帶來很多閱讀上的驚喜。「起重機的吊臂凝神靜思，直戳晴空，晴空不破，卻把吊臂一口吞下了」是一例，「暑假就是從媽的聲帶中撕裂出來的」又是另一明證。這篇散文，是我近年學生作業中最優秀的作品，值得多番細賞。

生長的鬍子

布正峯
數學系

成長

我們都曾經沒有鬍子
涼風吹過，秋爽滿臉
但光滑的下巴長出的細細毛髮
怎麼就叫我們以利刃對峙？

鬍子日漸茁壯
利刃愈要剝削無辜的血肉
鬍子在日照下沒有出頭的機會
自己，也被割傷

鬍子的稱號尚未兌現
已被剃刀刮成微末的黑色
我們又苛刻地認為
這是一種污點
可知道

伴同我們生長的鬍子
其實並不傷人

鬍子刺着你的信心
又不是鬍子的錯
讓它自由生長吧
長成髮型的一種
為太光滑的臉
寫上未知的生機

一陣涼風吹來
下巴和頭皮一樣
感到巨大的風阻
當我認為鬍子具體成形
其實它已經成形很久了

評賞

鬍子是男孩子長大成人的記號，但長鬍子其實遠超過一種生理特徵；心理上，鬍子這個路標來得更清晰。作者在首節提出刮掉鬍子、保持外表的「光鮮」是否必須這問題，好像在懷疑「剃刀」這權力核心的合法性。攔阻鬍子自然生長，當然要付出代價，要受傷，要流血。作品可以理解為對任何壓制力量的抗拒，也可單純理解為身體崇尚自由、自然的態度。最後一節很有意思，當鬍子在我們眼前出現時，其實它早就在皮膚下形成很久了。世事如此：所有的存在都遠早於我們的認識，換句話説，凡事都可以看得深一點，凡事皆有因由。

每天都做的事，習慣成自然，做了也不自覺。但是，敏感的詩人卻可以藉着任何事跳升到哲思層面。刮鬍子不過常事，作者竟然會説到鬍子和剃刀的對立關係，聯想力特別強。

初學寫作，我們經常絞盡腦汁來「度橋」，希望能夠找到一些「驚人」的橋段，例如謀殺、跳樓、三角戀愛等特殊事件來寫，以求「推」動讀者。其實，這並不明智。下次我們用候車、找東西等日常事件來反省一個道理，如何？要記住：不可用説教的方法勉強成文。試一試你就知道，像作者能這樣細心聆聽鬍子的生長和它所代表的感覺，是須要非常安靜的。我們能夠這樣思考的話，真正的寫作就開始了。

便條

施純源
傳播系

成長

某天清早，小孩子夢忪忪地搓一搓漸漸變得明亮的眼，期待地向窗外望，他被一幢幢美輪美奐的大廈包圍着。伸一伸懶腰，胖胖的肚皮左右晃動。走出睡房，撲向媽媽，在她懷裏撒嬌；爸爸也走過來用他粗壯的手臂抱着他們。正當他倆想盡辦法要脱離「困境」時，發現爸爸還沒有拉好褲鍊，三個人笑作一團。但笑聲未止，便傳出呼喊聲，媽媽又忘記了自己正在為他倆做早餐，荷包蛋已經焦了，頓時又是一陣傻笑。

焦黑的蛋，還是要吃；穿起媽媽為他熨好的校服，看過爸爸遞給他的雜誌，便匆匆忙忙地上學去。剛步出大廈門口，又一陣叫喊聲，小孩有點不耐煩，媽媽把一張寫了幾行字的便條交給他。他接過便把它塞進褲袋。

經過數小時沉悶的課堂，終於來到下午。陽光照遍學校所有地方，汗水淹沒了沉悶，喧譁聲擊退了寧靜。孩子吃完家人精心泡製的午飯，便投身於熱鬧的氣氛當中。先是和朋友們把兩條吊燈當作籃球架進行花式入樽，弄得它們對稱地墜下，像人生氣時的眉毛一樣；然後又爬上桌子模仿老師的動作和口頭禪，令眾人捧腹大笑。

突然，一個熟悉的人影晃過，小孩跟他的豬朋狗友立即跳下來，收起籃球。是他們的班主任！大禍臨頭了！急中生智，他們拿起一份英文報紙，顫抖地朗讀:「在 1914 年，美國在甲午戰爭……」幸好，老師沒有察覺到什麼不妥，轉身就走，他們又成功過關。小孩玩得汗流浹背，把褲袋中所有東西都拿出來晾乾，喝着可樂坐在桌上休息。然後，他呆住了，他記起好像有一件事須要完成，但又想不到是什麼。豈料，他的同學經過他座位時把可樂弄翻，倒在那張經已摺得皺皺的便條上。小孩試圖用紙巾清潔，卻愈抹愈骯髒。他沒有辦法，惟有把它放進背包，就這樣，他沒有再去想那件忘記了的事。

小孩完成他的工作了，拖着疲憊的身軀回家。已經是黃昏，黃澄澄的街燈亮起，寂靜的馬路上，只得身前的黑影陪伴小孩走這段路。一邊走，一邊左思右想，究竟還有什麼事未完成呢？路旁一個空罐子提示了他。左翻右翻，找到那張弄污了的紙，打開後，一條條傷痕，加上汗水及可樂，文字已經化開了。在微弱的燈光下，只能隱約地看見「記」、「家」及「飯」等字。他記起了，父母親今早曾提醒他，要記着回家吃團年飯。

他着急地跑回家，手中仍牢牢握着便條，期望趕及回家吃飯。打開木門，清脆地聽到急促的喘氣聲。燈仍然亮着，晚餐仍然放着。但爸爸媽媽已經關上房門睡着了。菜式十分吸引，可是飯冷了，湯涼了。小孩背着爸媽的房門坐下，望着那張殘破不堪的便條，獨自品嚐這頓晚餐。

評賞

這個故事讀來有點超現實——在第一段的清晨裏，這個家庭的孩子分明還是個幼兒園生，到第二段吃早飯時，已經懂得看爸爸遞給他的雜誌，又會讀便條了。第三段寫的是下午，他已變成高小初中的頑童。接下來的一段，孩子已經會看英文報紙。晚上回家的時候，這個「小孩」早就出來工作了，很明顯，「小孩」二字，指的不再是年歲，而是身分（相對於父母）。到了最後一段，他才想起了父母的吩咐：回家吃團年飯。回到家裏，父母早睡覺了（這個「睡覺」是「離世」的意思）。

故事記錄的只是一天的事，但說的竟是人的一生，焦點是「小孩」和「父母」的關係。他記得父母的愛（例如母親的照顧），父母的教育（例如父親教他看雜誌）。但是，父母的心願，他沒有放在心上。最後，樹欲靜而風不息，父母離開了，連與他們吃飯的機會都沒有了。

作品的優點在於把嚴肅龐大的題材壓縮（一般初學者則喜歡小題大做），讓沉痛經歷變得溫馨而瑣碎。「便條」

這個東西本身便是這樣的：沒有壓力，沒有什麼重要，只是父母的一點點提醒。作者這樣處理主題，反而創造出奇特的效果。沒有責難，沒有説教，只想讓讀者在短短的篇幅裏看到從熱鬧到寂寥、從期待到永訣的事實，他提醒我們，可以孝順父母的時日短得很：孩子成長的當兒，父母難免日漸衰老；孩子變成大人，父母則走向死亡。這樣的處理手法，出乎意料地震撼人心，讀這個作品，我心裏充滿了不常湧溢的孝思。

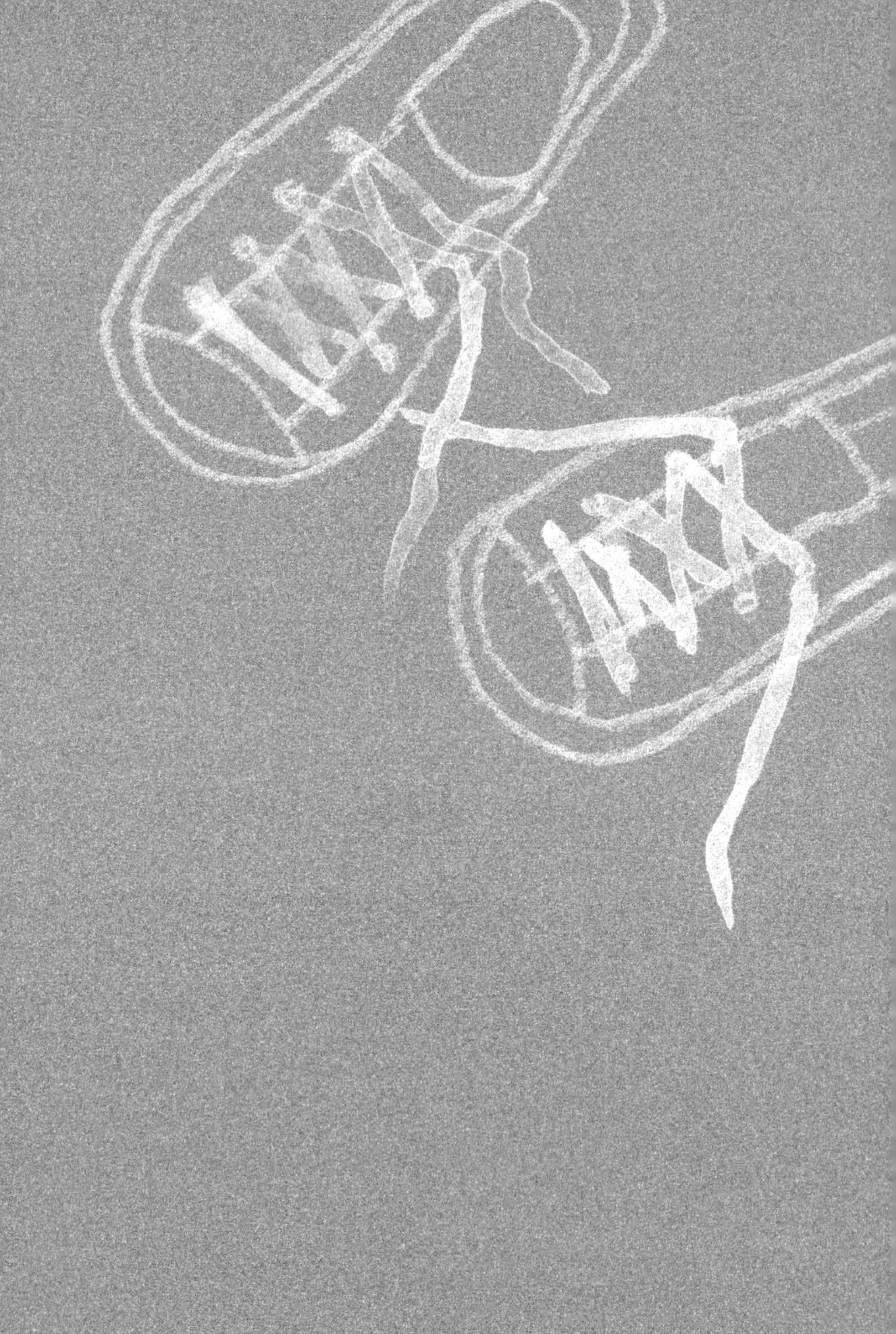

二、親情

奶奶

陳懿
傳播系

香爐

她熟練地擦亮了火柴

釋放出火紅的舌頭

舔紅了那炷香

生出一隻暗紅的眼

在早已給熏黃了的黑白照下

不住地眨

淌下灰白的眼淚

剩下

最後的　彎曲的一段

也只能危險地掛在上面

彷彿極微小的挪動

也能把它全部推倒

冰箱

用了很久的冰箱
像一個剛吃完糖的嘴巴
醞釀着一陣酸熱的臭

陰暗的層架上只擱着
一碗汪着水的稀飯　和幾碟
永遠都吃不完的
發黃了的菜

晾衣

翻屍倒骨
在上了霉的木櫃裏
找出一套男西裝
掛在衣架上
看着
一陣風鑽進褲管裏
讓它重新飽滿抖動起來
像是又活了一次

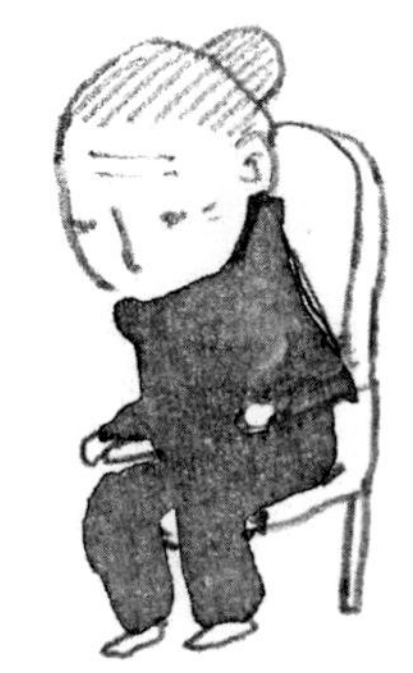

太陽剛好爬到她肥腫的膝蓋上
溫暖了那雙不太能走的腿
聞着樟腦丸熟悉而甜膩的味道
一下子
回到了從前

評賞

〈奶奶〉是陳懿第一次參加文學創作比賽的作品，並在「大學文學獎2008-2009」新詩組中獲得優異獎。早在新詩創作班上，它已得到全班同學一致讚賞。

這首詩並不難懂，分為三個段落，描寫奶奶的日常生活——上香、吃飯和晾衣的過程。這些細節雖然寫實，內容卻多於一個層次。先看「香爐」首節末後幾句：「生出一隻暗紅的眼 / 在早已給熏黃了的黑白照下 / 不住地眨 / 淌下灰白的眼淚」——這數行緊接奶奶擦亮火柴、釋放火舌並且點香的動作，根據前文後理，「暗紅的眼」指的是香火的燃燒點，「灰白的眼淚」指的是香燃燒後的白灰。不過，作者同時也交代了奶奶不開心的原因：上面的「黑白照」是誰的呢？無論是誰，有一個親人（最大可能就是爺爺了）先她而去，她每次上香都哭了。暗紅的眼和灰白的淚，也描述奶奶的感情。同樣，「冰箱」雖然是生活工具，幫助奶奶把剩菜吃完又吃，但它也表示奶奶無法忘記過去，她仍在酸澀往事中過日子。

老人每天進香，儘量吃剩菜，心靈上敬虔但迷信、物質上省吃省穿，並不特別。但是，到了第三部分，奶奶把爺爺的西服拿出來晾曬，則讓讀者大大地吃了一驚。中國人有「猶在」之說，就是把死去的人當作活人看待。「一陣風鑽進褲管裏 / 讓它重新飽滿抖動起來 / 像是又活了一次」讀來有點毛骨悚然。但正因這種驚慄感，我們無法不進入奶奶的錯覺：爺爺回來了。精細的筆觸慢慢加熱，情感在第三部分提升到最高點，情景可見，聲色可聞，香的濃煙和剩菜的濁臭，舉起了最後的黑色西服，讀者覺得詭異之處，奶奶卻感到溫馨和熟悉。她活在過去。即使在明晃晃的陽光下，我們眼前的年老女子，已不屬於我們這個世界。

陳懿這個作品文字雖好，卻不以文字取勝，乃以濃郁的氣氛和多層閱讀的可能性取勝。作品得獎，實至名歸。很難相信，當時的她只寫過幾首詩。

夏天

姚嘉欣
傳播系

那是一個炎熱的夏天，空氣凝固着，沒有半點橫向的流動。一羣蜻蜓在灰藍的天空中盤旋，期待着雨的來臨。

我和媽媽吃力地拖着兩個差點蓋不攏的行李箱到馬路旁，裏面全是新買的日用品、牀鋪和幾包我根本不會吃的海味，我在盤算着到步後怎樣把它們儘快賣掉。汗珠一點點在鼻頭滲出，行李的把手因手汗而變得濕漉漉。舅舅的車子終於在和天空顏色相連的柏油路上出現了。本來爸爸想親自送我到機場，但遭媽媽在電話裏婉拒，説舅舅的車子才夠放行李。

行李安穩地放到車後的行李箱，我看着車窗外的風景在眼前掠過，像一幕幕獨立的畫面，沒構成任何意義。電台正播着王菲的〈天空〉，沉鬱的聲音唱着「我的天空……為何總……灰的臉」，這時一陣驟雨，窗外變得白茫茫一片，我從倒後鏡中看到坐在旁邊的媽媽，她臉上的皺紋深了很多，一條條細細的眼紋從她浮腫的眼睛伸延，像樹枝落葉後的分岔。我又轉而看看風景，希望車子開得慢一點。

冷氣從玻璃自動門的門縫衝出來，一時未能適應的我全身起了雞皮疙瘩。爸和媽互換了些客套的話，我看着旅客推着裝滿行李的手推車來來往往。忽然發現一個購物袋奇怪地站立在我的行李上，我從裏面拿出一本照相本子，印上卡通人物的封套下是一張張泛黃的照片，看得出是經過細心整理的，我初生時被爸爸的大手抱着在澡盆洗澡，坐在學行車上努力地向着伸開雙臂的爸爸走去。還有一張我最喜愛的，那攝於五、六歲時的夏天。我第一次到沙灘，那天熱得海面的蒸氣縷縷上升。爸爸握着我的小手問：「熱嗎？」我點點頭，就被他抱往寬厚的肩膀上。他在沙灘迎風奔跑，淡黃的沙粒徐徐揚起，風迎面吹來，帶走黏在我身上的汗珠。我們最後跑在媽媽前面去，她替我倆拍了一張照片，爸滿臉掛着豆大的汗，我騎在他肩膀上抓着他的頭髮，它們變成了兩隻牛角，我倆展露出一致的笑容。

再翻下去已經是小學和中學畢業的照片，自升上小學後，我已沒有跟爸爸拍過照。此刻，爸爸走過來拍拍我的頭，叮囑我不要弄掉相簿，因為底片已經不見了，相片不能再沖曬；又從紙袋拿出一個能在電腦使用的鏡頭，他說：「我買了一對鏡頭，剛剛學懂怎麼用，這樣你在外國都能跟我見面了。」把鏡頭塞進紙袋後又拿出了一盒包得很漂亮的禮物給我，我把它小心翼翼地拆開，像小時候聖誕節時拆開爸媽放進聖誕襪的禮物般。我差點尖叫起來，是一部小巧的數碼相機。我拿出相機，看看爸爸，又看看站在我們旁邊的媽媽，示意舅舅幫我們三人拍一張合照。「一、二、三，笑！」我知道這張照片是永遠不會弄丟的，我會把它寄給他們。

推着行李走進離境大堂，玻璃的倒影照出媽媽在抹眼淚，我知道他們的目光一致地投向我的背影，我再看看玻璃，幻想他們站在一起互相安慰。我拿出相機，看着剛拍的合照——這三個人正往不同的方向走自己的路，我期待着有一天能再重聚。夏天從這時開始已悄悄地溜走，我們都捉不住它的尾巴。

評賞

父母離婚，是許多青年人的處境。不過，無論這種情況多麼的普遍，身為兒女，家庭破碎的傷痛仍是深刻的。孩子愛父親，也愛母親，但看見他們互相怨恨、生命道路徹底分開，自己生活上最多只能親近其中一人，再也無法享受以往理所當然的家庭幸福，是非常無奈的。姚嘉欣小說裏的「我」就是這樣的年輕人。這個「我」要到外國唸書了，離港一刻，父母分別到機場送行，「我」把兩人拉到一起拍照，好像他們仍在一起似的。可見「我」一直未能接受父母離異的事實。

作者非常巧妙地讓讀者感受到父母之間的隔膜。媽媽「說舅舅的車子才夠放行李」，拒絕讓爸爸開車接送。到了機場，「冷氣從玻璃自動門的門縫衝出來，一時未能適應的我全身起了雞皮疙瘩。爸和媽互換了一些客套的話，我看着旅客推着裝滿行李的手推車來來往往」，三人之間的冷漠、尷尬可想而知。爸爸把「我」從小到大的照片帶回來，吩咐「我」「不要弄掉相簿，因為底片已經不見了」，暗喻過去的已經無法找回來，叫女兒好好珍惜回憶。這許多，都並非胡亂寫進文章的，全都經過精心設計。最後一張照片，扼要地表達了「我」明知不能實現的夢想：「玻璃的倒影照出媽媽在抹眼淚。我知道他們的目光一致地投向我的背影，我再看看玻璃，幻想他們站在一起互相安慰。」很明顯，此刻最需要安慰的是為父母心碎的「我」。她帶着故意建構的錯覺離開，向着逃避現實的深淵走去。

夏天是幸福的意象，它連結到父母仍在一起的時候，例如一家人在沙灘玩的情景。所以，作者說，夏天已經過去了，「我們都捉不住它的尾巴。」讀者於是與她一同落入秋天的傷感——雖然，她本該還在享受青春。

家鄉雞

余龍傑

中文系

放學，我在太陽下走回家。使勁拉開沉甸甸的鐵閘，鐵閘的軸輪與鐵軌磨擦着發出尖叫。屋內一股熱氣撲面而來，三百來呎的房子鎖着悶焗的空氣許久，如揭開一塊重用許多次的保鮮紙，碟內躺了不知多少天的死魚噴出陣陣怪異的味道。房子雖小，不過窗很多，可是都關着。陽光穿過窗子照得屋裏通明，西斜熱化成許多裂紋烙在牆紙上。放下書包，方感到背上涼快，原來汗水在襯衣背上塗了鴉。我伸一伸懶腰，從褲袋裏掏出手機、皮包，都放在桌子上。

我知道爸在睡房裏開了空調睡覺，便開門走進去，裏面很黑，窗簾把光都擋住了。房外的熱氣想攻進去，又被內裏的冷氣攆出來。我關上門。爸呼嚕呼嚕地睡在大牀上。我喜歡地板的涼，躺在上面就睡。好累。

「好焗！」一陣騷動把我吵醒。說時遲、那時快，房門已被打開。背着光線，我看不清那人是誰。「怎麼沒做飯？」有人用不純正的廣東話像喊火警般急叫，媽下班回來了。我慢慢爬起來，摸一摸臉，都是鹽。空調隆隆作響，爸呼嚕呼嚕地睡着。媽刷一聲撕開了窗簾間的縫隙，月光奪過窗框照進來。「怎麼沒做飯？」又一陣急叫，媽搖醒了爸，「怎麼沒做飯？」

「啊……什麼？」

於是我們叫了家鄉雞外賣。食物送到的時候，風扇攪動着屋裏本來悶焗的空氣，幾陣微風偷偷從窗子潛進來，爸在抽煙，媽在痴痴地看電視，我從皮包裏掏出鈔票付錢。爸媽幫忙打開外賣包裝，一家人大口大口地啃雞。不到十五分鐘，已把它們清理得一乾二淨。我想，平時自己做飯，總要吃上大半個小時，怎地吃外賣就這般快呢？爸吃完以後還在吮手指，咀嚼家鄉雞殘留的香氣。

「怎麼沒做飯？」媽又問。

「睡了，怎麼做？」爸得意地道。

「怎麼不校鬧鐘？」

「一星期裏我只休息一天，你還要我做飯？」説着，爸捏了媽一下。

「痛啊！你叫兒子做嘛！」

我佯裝沒聽見，暗裏偷笑，自顧自地玩遊戲機。事實上，我是特意不做飯的。反正媽喜歡吃家鄉的白切雞，叫家鄉雞外賣也算是「一家便宜兩家着」。突然，爸走過來，把一百元放在我身邊，「這是剛才買家鄉雞的錢。」

我立刻放下遊戲機，「啊，不用了，一個月一千塊零用，如果你再給我就太多了，用不着。」於是爸爸拿着一百元走回自己的睡房，躺在大牀上，呼嚕呼嚕地又睡。

「好熱！」媽把窗都關上，開了大廳上的空調，隆隆聲又響起，和奏電視劇集中的叫罵聲，房子本小加上窗都關上，更覺聒耳。媽偶爾用那不太純正的廣東話哄我說話，我只敷衍幾句，她輕斥道：「什麼態度！」直至我把遊戲的首腦幹掉，才發覺媽早已關燈睡覺去了。我太不像樣了嗎？月光奪過窗框而入，漆黑的房子裏滲着一道道白光。家鄉雞塞在肚子裏，喉頭很乾涸，叫我不能入睡。我便拿起沾滿家鄉雞氣味的遊戲機再玩，偶爾聽見爸媽房中傳來輕輕的話聲。

玩了不知多久。爸媽房中突然一陣悉悉卒卒，我趕緊把頭鑽入被窩。不多時，鐵閘輕輕打開，媽媽要去上班了。我偷偷向外一瞧，背着走廊泛黃的燈光，彷彿看見媽媽在拍打她的額頭。「啊！把你吵醒了嗎？睡吧。」說罷，她輕輕關上鐵閘，鐵閘的軸輪與鐵軌互撫，發出大提琴和奏似的低鳴。

我把被單揭開來，伸一伸懶腰，爬起來趕緊做家課，紙筆都因我沾滿了家鄉雞的味道。

評賞

這篇散文以鐵閘聲開始，也以鐵閘聲結束。細細比較，兩次的聲音是不同的。「我」放學回家的時候，「鐵閘的軸輪與鐵軌磨擦着發出尖叫」，這一次發出的聲音是討人嫌的。「鐵閘的軸輪與鐵軌互撫，發出大提琴和奏似的低鳴」，這一次聽起來則悅耳多了。兩者之間，不過隔了大半天，「我」已經成長了。

為何有這樣的成長呢？那是因為看見父母二人不同的表現。兒子下課回家，見父親在冷氣房間裏睡覺，也就一起睡。母親上班，就指望這兩人做晚飯了。可是，大家都沒動手，母親回來後頗不滿意，但逆來順受，後來大家叫了炸雞外賣來吃。此刻，「我」模仿的是父親的生活方式：貪方便、躲懶。晚上，父母睡了，孩子猶在享受電玩，徹夜不眠，也沒有盡責做功課，和父親一模一樣。就這樣，他一直玩到清晨。但天猶未亮，母親又開始上班了。兒子看見母親的辛勞，深受感動，後悔自己貪玩、任性，開始發奮讀書。此刻，他受到的教育來自母親。

作者把這些變化寫得很細緻。回家時，「我」的動作是隨意而粗暴的，母親離家時卻體貼溫柔，以致鐵閘發出的聲音都改變了。母親省吃省穿，對於吃外賣很不自在，和父親財大氣粗地拿出一百塊錢交還兒子的動作形成強烈對比。

從這個作品中，我們可以學習作者所用的「呈現」筆法。他把父母不同的生活態度全然「擺放」在讀者眼前，卻沒有加上任何的評價，對於自己的口腹之欲和懶惰傾向，也毫不掩飾，到最後，他卻選擇跟隨母親腳步，努力而踏實地做家課。他對父母的評價，不說自明，但結論卻由讀者去「收割」。

不過，這些感情細節是很容易錯過的，因為作者的筆法比較收斂，讀者要有點經驗才能看得出來。好些人愛寫感情上「颳風下雨」的情景（例如某某大鬧地鐵中環站），我們讀了，感覺容易受到激動，但這樣的「天氣」到底不是常態，寫常態而寫得有情韻是比較難的。所以，讀余龍傑這篇敏細的散文，不能只看故事或橋段，因為它的優勢根本就不在故事或橋段，而在細節與細節之間的微小變化，和這種變化散發出來的真實感。

大木門

藍燕嬋
翻譯課程

站在大廳前的你
每年都增厚
木紋也愈來愈深
你總是不說話
一絲絲陽光擠進緊閉的皺紋裏
試圖尋找你堅持守護的理由

小時候每逢颱颱風
我總
愛
躲在你的背後
偷聽風的吼叫
每次門外傳來陌生的敲擊節奏
我總愛從你的眼睛窺探外面的世界
在你的掩護下頑皮地扮鬼臉

你總是不說話

每年生日

我都會用鉛筆在你的肚皮上

刻下成長的喜悅

你總是不說話

所有未獲貼堂的勞作

統統裱在你寬闊的胸膛上

你總是不說話

每次眼淚忍不住要落下時

我總是坐到你的身邊

你總是不說話

更多的時候

你會狠狠地把我亂放的手夾出瘀血來

往我走得太慢的腳踝用力一鋤

給我閉塞的耳朵摑一個耳光

你一天比一天沉重

是自己的重量再加上屋子的還有我的

行動緩慢了，雙腳也在發抖

是幾年前意外的後遺症吧

螺絲被鐵侵蝕了

總是咿咿呀呀地呻吟

你眉頭吐出了倦意

落入我的眼睛裏

又麻了我的舌頭

你仍舊拖着地上家的影子

　立於斜陽之中

依然不說話

評賞

大木門有什麼好寫呢？讀者看見這個題目，可能會這樣問。如果是城門或宮廷的大門，也許還有點分量吧？但一直看，作者寫的不過是家裏的大門。

如果我們夠仔細，就會發現詩裏經常出現一個句子：「你總是不説話」。木門當然不説話，這也不見得奇怪。一路讀來，詩歌很「正常」，木門擋風抵雨，門中間上方有一個孔眼，讓裏面的人往外看看誰來了。孩子日漸長高，也愛在木門的肚皮上劃下高度的標記。在學校裏無法貼堂的功課，釘在木門上也很平常。木門也會拍打我們、夾傷我們，讓我們大痛一陣。這一切，都沒有離開大木門的常態。可是，到了詩的後半，奇怪的描寫出來了：「你一天比一天沉重，是自己的重量再加上屋子的還有我的 / 行動緩慢了，雙腳也在發抖 / 是幾年前意外的後遺症吧」—— 木門為何會變重？木門會遇上意外嗎？木門的腳會發抖嗎？啊！你叫起來説：我明白了，木門原來是用來比喻爸爸的！

這樣一來，「你總是不説話」這一句就好懂了。不錯。

讀到這裏，我們終於發現作者的巧心了。原來之前的每一行詩，都可以作兩層解讀：父親和木門一樣給我們擋風抵雨，表示父親的觀點，往往也成了我們的觀點（門上孔眼），我們成長的標記，全都刻在父親的心上（高度刻痕），我們的成就，父親都會拿去表彰（貼堂）……原來所有句子都可以在兩個層次上讀得通，而且充滿真實感和深刻的愛。

寫這首詩的時候，藍燕嬋才一年級，她採用的寫作方法叫做喻解法。什麼是喻解法呢？就是把「爸爸是/像家裏的大木門」這個簡單的比喻詳細解釋。換言之，就是把父親和大木門的「近似點」（或稱為「喻解」）一一列出，由於本體和喻體分享同樣或類似的性質，讀者又為題目（喻體）所誤導，就以為詩真的是寫木門的，直到我們讀到比較清晰的提示才恍然大悟。最後，讀者從再度解讀的過程中獲得閱讀的滿足。這就是喻解法。這是有用的寫作方法，我鼓勵你一試。

媽媽的牀

陳淑娟
社會學系

今天大女兒在家閒着，擱着雙腿的書桌放了七色齊備的指甲油，正抹去拇指剛剛塗上的閃彩。她早就習慣了嗆鼻的洗甲水氣味。廚房沸騰着的一鍋熱湯讓她不得不留神。妹妹早就溜到街上去，媽媽清早到老人院幹活，回家後便急着睡覺，像往常一樣打呼嚕。現在她房間裏的雙人牀只擺放一個枕頭，十年來還是那樣放着一堆不知穿過了還是已洗淨的女兒的衣服，口袋裏有時還會掉出耳環或零錢來。

樓下的幼稚園放學鐘聲才剛響起，小孩們已嘩啦嘩啦地跑到對面的小公園去。來接放學的大人拿着紅色的小書包追在他們後面，嚷着：「別跑得太快啊！」她把十指放到窗框上去，對着這鬧劇一樣的畫面發呆。父親今晚會從大陸回來，對他來説，要擱置一天的生意可不是小事。尤其最近急於要把外面的欠債追回來，他一天到晚只知道駕着摩托車往工地跑。然而，她的想法是：除了那用橡皮圈捆着的十張金鈔和一盒從深圳買回來的肥大燒鵝，這個人就沒些什麼好讓她期待的了。怕只怕他少給了一、兩張金鈔，害得媽媽這個月又不知道要拿些什麼到當舖去換錢。

五點半，手提電話的鬧鈴響了，她趕忙到廚房去將爐火轉到最小。烏雞的肉軟化到湯裏去，燉了四個多小時，也不算浪費。

媽媽醒來，站在她背後慌張地問湯有沒有煮乾了，又搓搓眼皮說自己不該睡那麼久。她應答了兩句，就走到媽媽的睡房去拿長褲來換，準備出外看電影或逛街。原來亂放在牀上的衣衫都乖巧地躲到衣櫃裏去了，棉被平躺在牀上。那個質料單薄、像灰白又像灰藍的枕頭袋，套着的是媽媽的枕頭。今天旁邊多了一個，枕袋的色調與媽媽的那個並不一樣，是湖水的藍色。它們已經變得不一樣，難成一對了。

評賞

這文章的題目叫人誤會：爸爸呢？媽媽的牀不也是爸爸的牀嗎？光説那是媽媽的牀，讓我們聯想到離異的父母或已經去世的父親。原來都不是，爸爸不過到大陸工作去了。一個家庭裏的四個成員，就在這種不正常的處境中慢慢變得疏離。

媽媽在老人院當早更，半夜就上班了，回家後累得倒頭就睡，但她還要「煲湯」、清潔家居、清理衣物、換上潔淨的枕頭套……本來，歡迎一家之主歸來的喜樂，全家都應該感受得到。可惜，長久缺乏教育的女兒雖然閑得可以出外看電影，可以擱着雙腿塗指甲油，卻沒有主動幫忙處理家務，反而連媽媽的牀也弄得亂七八糟。零錢、耳環掉到牀上，説明姊妹倆不但不整潔，更不重視父母辛苦賺來的錢。故事裏的姐姐，對父親的印象，就只有他帶回家的錢和食物。他快要回家了，她卻借故上街。妹妹更是完全不理會家人，故事中完全沒出現過。整個家冷漠無趣，只有媽媽在勞苦之餘用盡全力，企圖把家人連繫在一起，但作者對她的努力頗覺悲觀，她說：「它們（枕頭套）已經變得不一樣，難成一對了。」

陳淑娟筆觸和煦，但短短數百字，已刻畫了香港這二、三十年來許多家庭的典型面貌：夫婦之間感情變淡，衍生誤會，甚至墮入三角關係；兒女對長期在外的父親失去感覺，只顧自私地建立個人的生活。作者在中段靜靜地插入了一個應該喚起回憶的場面，把這種麻木襯托得相當清晰：「樓下的幼稚園放學鐘聲才剛響起，小孩們已嘩啦嘩啦地跑到對面的小公園去。來接放學的大人拿着紅色的小書包追在他們後面，嚷着：『別跑得太快啊！』她把十指放到窗框上去，對着這鬧劇一樣的畫面發呆。」兒時父母的呵護，即使在眼前重演，仍不能喚醒大女兒的心；面對此情此景，她的「發呆」說明了親情正在褪色——父母已經追不上孩子了；但文章的核心意象仍是那變舊了的枕頭：「那個質料單薄、像灰白又像灰藍的枕頭袋，套着的是媽媽的枕頭」，母親的枕套「老」了，和父親湖水藍色、鮮明亮麗的那個不再相襯，「難成一對」了。這是許多香港婦女的悲劇。陳淑娟是讀社會學的，對此特別敏感，這篇文章也寫得特別到點。

十五

馮美璇
中文系

一個女人穿着雪屐
結冰的胸膛上劃出驚恐的神情
腳下的魚隨女人旋轉打圈
女人自忽然崩缺的湖面
墮進失去重力的湖底
拂着癱瘓下垂的四肢
瞬間僵化的冰柱
沾濕髮端
睡夢中，一隻腳剛在崖邊踏空。
抬頭看見
月亮，正經歷一種痛苦的輪迴。

小時候看見
農曆十九的月亮
我問母親

是誰偷咬了她一口

像放久了蘋果最終給蟲蛀了

玉鐲總是被孩子撞得崩了一角

嬰孩時，母親用肥皂給我戴上一隻又一隻腕大的玉鐲

統統在我胡亂揮舞的手中碎掉。

初七，月亮又像

給吃光的一塊西瓜

剩下一片彎彎的皮

歲月的撕噬層層剝開月亮單薄的外皮

不過你以為十五的月球真的完整嗎

挨近的時候就能看見她的皮膚很差

粗糙的毛孔一圈扣一圈地蔓延開去

我站在月球上等待懷孕

逐日脹大的肚腹厚厚地包裹着父母親的愛

另一個人陪伴我日夜守候一輪尚未圓透的月

月的底部可會完好無缺

母胎中我向父親發問：你為什麼不愛母親？

父親用指尖挖出兩顆眼球

摔在桌上獨自打了一場乒乓

任由血流到母親嘴裏

蜷曲在肚腹中的我
總在陰晴圓缺間輪迴
死去，降生又死去

一個沒有月亮的夜裏
牀邊，探出一個青色的頭顱
一隻河童咬着一尾僵硬垂頭的魚啜泣
蠕動着扭曲的嘴唇呢喃：
剛剛有個女人跌下來把魚壓死了
剛剛有個女人跌下來把魚壓死了
剛剛有個女人跌下來把魚壓死了
一如傳說中醜陋的牠讓我想起：
許多許多年前的十五
母親別過臉歪着頭說，離婚吧。

評賞

這首詩寫的是父母離婚後，孩子重複經歷的痛苦，感覺非常強烈。詩寫到最後，「許多許多年前的十五 / 母親別過臉歪着頭說，離婚吧」這兩行出現時，讀者才給帶回故事的緣起，然後必須要重頭再讀，才能感受那愈來愈強烈的悲哀。

「十五」乃月圓之日，比起「十九」的漸缺，「初七」的未豐，「十五」象徵團圓。可是，即使於父母依然同住的日子，作者早就感覺到他們婚姻中的磨擦和不安。「你以為十五的月球真的完整嗎 / 挨近的時候就能看見她的皮膚很差」，團圓，不過遠望時的美好錯覺。「我站在月球上等待懷孕 / 逐日脹大的肚腹厚厚地包裹着父母親的愛」，孩子追求的是父母的愛，但失敗的婚姻能把多少愛送給孩子？懷孕，是等待誕生的過程。可是，這卻是無法實現的等待。孩子無法理解父母之間為何可以沒有愛；父親卻顧左右而言他：「母胎中我向父親發問：你為什麼不愛母親？ / 父親用指尖挖出兩顆眼球 / 摔在桌上獨自打了一場乒乓」。

這首詩始於一場噩夢。一個女子在薄冰上踩雪屐，暗用「如履薄冰」的成語。最後一節，這個女人仍不免掉進冰湖，她的謹慎並沒能挽救她的婚姻。於是「蜷曲在肚腹中的」孩子，就「總在陰晴圓缺（渴望愛，接近愛和失去愛）間輪迴／死去，降生又死去」，不安、恐懼、支配着等待團圓的整個過程。

馮美璇的寫作才華是毋庸置疑的。她所用的意象幅度巨大而色感強烈，也不避醜陋圖像，讓我想起一些象徵主義的作品：不依格律、充滿意象、暗示性強而感情激烈，予人驚艷的感覺。目下年輕人的詩傾向溫婉，這樣的作品，我認為是不可或缺的。

一盒月餅

葉秀貞
中文系

中秋節又到了，課後人人都趕回家吃團圓飯。車廂中，我看見一個高大的男孩，像你。不過現在的你把頭髮剪得極短，那男孩只像從前的你。去年中秋節，我們吃了第一頓沒有你的團圓飯，那一次，在車上捧着一盒月餅的我差點哭了。

八月三十一日，法庭上律師大聲讀出我寫的信。我強忍淚水，不住深呼吸，猶如那天寫這封信時，不知從何入手一樣。看看台下的你，低着頭像三、四歲的小孩，知道自己做錯了，無奈地等待媽媽責罰。可是，深知此事不再是打打手板就能了結，你的頭垂得更低。最後，法官宣布要觀察十四天，看了報告才作判決。

幾天後，我一個人坐地下鐵又乘小巴，來到陌生的國度。在看得透又通不過的鐵網外，我看不穿裏面的一切，要走進去，須經過一道道關卡，這一切都折磨我的心。不久，有人叫喚我的名字。我沒有方向地緊隨其後，他指示我往第四張椅子去。走過第一張、第二張、第三張，到第四張我停下來。一塊薄薄的玻璃膠板，使我們相隔甚遠。我抖擻精神拿起電話筒，勉強說了幾句話，淚水已停不下來，用預先準備好的紙巾抹了又抹，怎樣都擦不乾。坐在對窗的你，頭髮剪得短短的，上衣的口袋印着你的名字，是怕分辨不到你和別的少年嗎？你也試圖拭去臉上的淚。電話筒裏的嗚咽聲，吞噬了一句句要說的話。十五分鐘的探訪時間完了，我只想多留一會。回程車上，風景一片迷蒙。

十四天過去，宣判了，你要進教導所。經過考試，評估後讓你進入「讀書班」，你說會順便重讀會考課程。每次探訪，我的心都踏實了。小時候，你最愛看《CoCo》，買回家後慢慢看完才會給我看，還不時為我介紹哪一部分比較有趣，「草莓妹」也是你帶給我認識的。長大一點，在書攤發現有新一期《CoCo》時，我一定買下，可是你已經長大到瞥一眼就算。如今我總會帶一些參考書、課外書、雜誌等給你，雖然不知道你是否喜歡，但我們說的話多了。

有一次，媽媽給你氣得哭了，探訪時間未完便匆匆離開。後來你寫了一封信跟她道歉。使我想起好幾次你跟我們吵架，面紅耳赤的時候，你「砰」的一聲離家而去、把我們留在吵鬧聲仍然回盪的空間的那種滋味。

你生日的時候，我畫了一張生日卡寄給你；到外國旅行，也不忘給你寄明信片；希望跟你分享的聖誕燈飾都用相機拍了下來；春節的紅封包都替你好好保存着……

差不多中秋了，你跟我說裏面吃的小月餅其實是棋子餅，不過這已不錯了。我知道你喜歡吃月餅，你可知道現在家裏中秋節比以前少買了一盒月餅嗎？下一個中秋節，那一盒月餅應該不會少了。「下一站青衣，右邊的車門將會打開……」

好奇地，我跟在那個男孩後面，直至看着他走到飯店門前會合家人進去了，沒有回頭。

我笑一笑，跟自己說：「回家吧。」

評賞

「你可知道現在家裏中秋節比以前少買了一盒月餅嗎？下一個中秋節，那一盒月餅應該不會少了。」姐姐心中的獨白，讓我們知道這位犯了法、須要住進「教導所」的弟弟很愛吃月餅。為何姐姐會想起弟弟呢？因為看見一個很像他的男孩。

作者用了傳統的倒敘法，把弟弟上法庭、候判、進教導所的過程用幾個場面大略寫出來。當中少交代細節，多描述感受，只在寫到弟弟低着頭、好像已經知錯的時候，才加強着墨。敍述到「我」（姐姐）前往教導所看望弟弟的情景，作者卻把看到的情況記錄得一清二楚。教導所裏其實有很多邪惡勢力，所謂道高一尺、魔高一丈，但作者只點出弟弟仍能夠繼續讀書的一環，可見「我」對弟弟仍充滿希望和期待。

我們寫作時，文章素材的選擇常常是不自覺的；「我」對弟弟的感受是切膚之痛，也是切膚之愛。「我」相信弟弟已經改過、相信他會好好向學、相信他的前途仍一片光明。

「我」也難忘弟弟服刑之後第一次相見的感觸——這一切，均表達了「我」對弟弟的骨肉之親。

每逢佳節倍思親。中秋節，弟弟卻給關在教導所裏。家裏就吃團圓飯，這飯桌已不「圓」了。作品流露出深刻的遺憾，也滿溢着無限的盼望，正如文章最後一句話「回家吧」，實在不只是説給自己聽的——這就是親情。這個作品，沒用上什麼高明的寫作技巧，卻感人至深，因為當中的一字一句，都是真情，而這份情，因着某種不幸，充滿了常人難以捕捉的張力。難得作者寫來一點不誇張、不做作，印象深的多寫，不願想的少寫，渾然天成地呈現了一位姐姐對弟弟的感情。寫文章能寫到這個境界，是因為執筆的人心裏有愛。

我希望這位姐姐和讀者的淚水都不要白流，我希望姐姐的愛和等待能夠得到超乎所求的回報。謹此送上我的祝福。

你走過我的身旁

黃英
中文系

我從山梯向下走
同行的是迷路的枯葉
零散　在頭上晃過
跌入下陷的陰暗處
在腳尖前沉默

你的身軀彎曲着攀爬向上
手裏晃盪的膠袋
搖擺間劃出流動的弧度
低聲説着某種祕密
不知是從身體裏蔓延出來
還是耳邊流亡的幻覺
總有深淺不一的喊聲和應

我低頭佯裝飄忽的路人
思緒轉動的瞬間
落入你隨意編織的步伐
竟無意中發現
你左邊灰暗的鐵絲網
在某個轉角處
偷偷繞到了我的右邊

夕陽灑在背上
掠過我的肩
誤入了你混濁的老眼
像穿透什麼
然後
你走過我的身旁

評賞

「我從山梯向下走」，路旁有「鐵絲網」、「枯葉」、「深淺不一的喊聲」，情景呼之欲出，我幾乎看見依山而建的屋邨旁邊的樓梯。黃英沒説明「你」是誰，但那個「你」、「身軀彎曲」，手裏拿着「晃盪的膠袋」，一直喃喃自語，可能是作者的姥姥或奶奶。年輕的作者當時可能想像對方看不見自己，打算連招呼都不打。「我低頭佯裝飄忽的路人」。但是，大家剛好走到轉角，無法躲開。最後一節，讀之心酸：老人看見了作者，二人打了個照面。作者很清楚陽光從自己背後射過來，正照着老人的臉。老人發現這個孫女兒不願跟自己打招呼，也就沉默地打從她身邊走過，好像不認識她似的。作者此處所用的「穿透」兩字，可謂非常精警。穿透，可以解釋為看穿對方的心思，可以視為裝作看不見她，也可以解作看透世情，無論是哪一種意思，都很有感覺。我個人覺得這個詞是詩人刻意設計的，因此三種意思都要。

為何明明看見了，卻不打招呼？有時，這可能因為疲乏，在城市的節奏和競爭中掙扎，無論是讀書的、工作的、打理家務的，都極度怠倦；也可能因為空間太小，彼此日夕相對，缺乏距離，有時希望自己在對方眼中消失。作者沒說清楚。她寫這首詩，不是為了要為這種無禮的態度「解說」，反而希望讀者從這種無禮之中領悟到老人的傷感或心死。擦身而過，不足一瞬，作者的心思已經轉圜數次，很有意思。

這首詩非常有味道，風景、人物、聲音都滲出一種黑白照一樣的淳樸的美，而當中的人物並非不善良，只是不堪勞乏，慣於沉默，學會了接納。

我喜歡黃英的詩，很簡潔，當中沒有什麼大事件，也沒有對話，只十來行，但已經能夠營造一齣令人唏噓不已的短劇，無意中就改變了我們生命中的一些什麼。

糾結

梁愷儀
人文學課程

那時候，我還不夠你的腿那麼長
磨白了的牛仔褲和粗糙厚大的雙手
就等於你的全部
你的樣子是抬頭就看見的晴天太陽
存在卻辨不清楚
你的手傾斜了我的肩膊
而重量常常蓋過了掌的溫暖

晚上，你教我騎單車
手堅實地按着車子的尾巴　助我平衡
你弓着身跟着輪轉跑了半個晚上
隨輕微的蟬叫滴着汗水
那輛單車沒有倒望鏡
我始終沒法好好地看到你
這張帶着氣喘，隱沒在夜色的安全網

別人都說我們長得很相似

我漸漸相信

甚至試着從鏡子的倒映裏認識你

直至那天　我長了尖角的話把媽媽弄痛了哭了

你那厚大的掌狠狠地向我

長得像你的臉上摑

腫了一塊解惑的紅：

一個人怎會打自己呢？

我們根本是不同的人

我的頭頂終於能碰到你的耳朵

長出跟你相反的髮絲

又硬又乾　一束束往你的五官戳

看得到的面目是如此凹凸不平

我也不必再以崇敬的姿態仰望

五點半的鑰匙聲變成你最具體的形象

神經給訓練出條件反射

皺摺收縮的眉間彷彿在告示

你下班回家使四堵牆裏變得人太多有點擠逼了

你我身體成了沉默的移動物

聲音依靠牆壁、桌面和
媽媽的兩片唇
折射到彼此的耳窩裏

你的嘴角總掛着沒有解釋的冷笑
只會吐出一句句不可以
看籃球賽不行，到旺角不行，去海洋公園不行
盡力瞪大的瞳孔似要
把所有能見的完全吞噬
卻不知道眼底下
你的手緊握成一個萎縮的心臟
我在監管的邊緣嘗試挖出地道
希望逃脫

突然，你放開手
我成功離開了一會兒
穿了雙布鞋在四堵牆以外遊歷
在外面大一點的盒子裏
沒有思考你放手的原因

回來時，你的背影彷彿是缺氧的呼吸
從我的牀頭磨擦到牀尾
我都聽得很清楚

天染了一點光
你俯身去繫鞋帶時
也許會看見我長了破口的布鞋上那牢實的繩扣
你當發現它已難以解開

評賞

「糾結」指的是什麼呢？詩的最末一行說得很清楚：它是「難以解開」的「結」。作者用鞋子的繩結為喻，讀者看見的是清晨父親蹲着繫鞋帶的情景。從這裏我們想到作者和父親之間有一種緊密的聯繫，當中牢固地綁着許多不同的感情。

幼年時，爸爸給女兒的感覺是高大（「我還不夠你的腿那麼長」），威嚴（「你的手傾斜了我的肩膊 / 而重量常常蓋過了掌的溫暖」）；到了童年，父親給女兒的是安全感（「這張帶着氣喘，隱沒在夜色的安全網」），不用回頭，只須相信。女兒天天長大，伶牙俐齒，有時會跟父母辯駁。媽媽為此煩惱，爸爸不由分說，就給女兒一記耳光（「你那厚大的掌狠狠地向我」），令她大感意外，因為她以為自己和父親是性情相似的人，父親沒理由站在媽媽一邊。漸漸，父女之間的相處模式改變了，要向對方講話時，好像總得對着牆壁和家具說，或者由母親傳話（「聲音依靠牆壁、桌面和 / 媽媽的兩片唇 / 折射到彼此的耳窩裏」），即使有直接對話，父親也總是説「不」(「看籃球賽不行，到旺角不行，去海洋公園不行」)，讓女兒更想逃脱，而父親卻抓得更緊了。但不知道什麼時候，父親忽然放了手，女兒終於可以外出。但是，她卻沒有從此離去，反而在家附近徘徊，因為她深深感受到父女生命的連結，她是不會真正離開的。

作品寫得很具體，記憶裏充滿了難以忘懷的片段，寫出了中國傳統家庭父女之間從親密到尷尬的過程。女兒漸長，亭亭玉立的時候，父親一般不大會處理兩人之間的關係，反而會變得無理地嚴厲。一般來説，讀書不多的上一代就停留在那裏。女兒卻開始成熟，懂得思考了，明白父親的愛總是留在心裏的，難以啟齒。這首詩順序記錄了這樣的一段感情的開始、成長和往後的發展，猶如一個成年禮的宣言。從此，表達愛的責任不再落在父親的肩頭上了。

這首詩有許多靈秀的句子，讀來清新，例如這一節:「晚上，你教我騎單車 / 手堅實地按着車子的尾巴 / 助我平衡 / 你弓着身跟着輪轉跑了半個晚上 / 隨輕微的蟬叫滴着汗水 / 那輛單車沒有倒望鏡 / 我始終沒法好好地看到你 / 這張帶着氣喘，隱沒在夜色的安全網」; 這幾行詩寫得精準，細緻，寓意深刻，閱讀層次也很豐富，是不可多得的詩句。

戲劇

張慧慧
中文系

如果你問她什麼是「家」，她會答你那是每天上演不同的戲碼的四人窩。

前天演「我罵故我在」，昨日是「沉迷賭海夜不歸」，今晚有「醉漢發難無安寧」。每一齣的劇情大同小異，選角方面，主角當然由一家之主「父親」擔任，其他角色包括吞聲忍氣的「母親」，不明所以的「稚子」以及反叛衝動的她，他們的大女兒。

隨着年紀漸長，她的戲分愈來愈少了。她知道自己零星的叫喊只是用力擲向窗外的石子——徒花氣力而毫無作用。還搞不清是女主角還是女配角的「母親」有時會打破靜默，只為起來阻止家醜外傳。她厭倦那可能是失敗小丑的角色——時而嘶叫，時而痛哭，花光氣力卻不得觀眾的欣賞，索性懶演了。

只是這晚她似乎不得不演。「醉漢發難無安寧」的道具準備得太充足了：酒精、廚房的刀子、性能良好可隨時駁通警局的電話。演員也太投入，「父親」把發酒瘋的醉漢演得淋漓盡致，時而叫罵，時而扔拖鞋，還隨手拿起雜物充當道具投擲，成功嚇怕了「稚子」，氣哭了「母親」，還招來大批臨時演員扮作「不滿的鄰居」。看着燈光下閃着刺眼光芒的刀鋒，她決定兼任編劇，把這場戲的結局稍作修改，使劇目變成「少女大義滅父救親人」。

她邊和對手進行拉扯邊撥了通電話，説了幾句台詞，沒多久就有一班「警察」湧來加入演出，「警察」嫻熟地處理案件，並囑他們暫時搬離居所，因為不知道「父親」酒醒後還有沒有傷人的意圖，四人窩未必安全。泥醉的「父親」被送上救護車，剩下的三人收拾簡單的行李後上了警車。

舞台一下子由四人窩搬到警局，「警察」拿了他們的證件並錄完了口供。簽署日期時，她看見月、日的數字和她的出生月日是相同的，這提醒了她，長篇連續劇已演了整整十八年。竟會如此巧合。

警局等候室門外，是一片小庭院。朦朧的燈光下，雨絲飄飄，全然配合劇情。伸手探向昏黃，盛夏的雨點將冷意傳至心底。迷迷蒙蒙的樹影讓她一時忘了自己何以會在這兒。安徒生童話《紅鞋》的故事中，穿上紅鞋的女孩被迫不停跳舞，厭倦使她懇求劊子手砍下她的雙腳。他們也一如被套上繩索的玩偶，一直演着他們的皮影戲……只是她的演藝資歷深了，心早老了，忘了自己本來的身分；現實巧合如戲劇，她早已分不清劇本和真相。

用力眨眨眼，雨在下，警局擺設仍在，背後的行李也沒消失。看着身後的行李，她知道一切都是真的，她知道自己不會忘記這特別的生日，她知道自己逃不脱這個枷鎖。只是，不曉得他們仨今後該何去何從……

斜風夾着細雨吹拂過她怔怔的臉。過分早熟的她，淚腺不知何時壞掉了，也許是由她知道自己沒權再做小孩的一刻開始。摸摸微濕的臉，盛夏的雨夜為她落淚。

評賞

文章寫的，是一個酗酒男人和落入其暴力中的家人。敍述者是他的大女兒。她因為懂事，提早就結束了自己的童年。一直以來，弟弟太小、無力還手，母親則忍氣吞聲、逆來順受，不知悔改的父親一次又一次出手打人，以致家無寧日。這樣不幸的故事，在我們的城裏幾乎天天發生，所以「警察」可以「嫻熟地處理案件」。這樣的題材，不少人寫過。可是，張慧慧寫得特別好，因為她用冰冷的語調把故事娓娓道來，諷刺地把家人受虐的慘況調減為戲劇，使充滿悲哭聲的家看來像一個演出頻繁的舞台，讓讀者驚訝於她的抽離和冷靜。在這種情況下，讀者反會傾向調升投入於閱讀的感情。我不是說作者為了達到這個目的而故意「置身事外」，從內容看，她完全沒有這樣的意圖。她只是無法面對如此深刻的痛苦，於是進行自我催眠，寫作時先進入疑幻似真的思覺失衡狀態，以表達她心底裏發出的呼喊：「這種事難道會是真的嗎？這可是在演戲嗎？身為一家之主的人，竟然會這樣虐待妻兒嗎？」

作品走的是迂回的道路，筆觸帶着説笑的情調，實質處處流露出作者的憤怒和厭煩。她曾經逃避：「她的戲分愈來愈少了。她知道自己零星的叫喊只是用力擲向窗外的石子——徒花氣力而毫無作用」，但父親的行徑也愈來愈離譜，不但苛待家人，甚至另有女人，所以説妻子「還搞不清是女主角還是女配角的」，最後這位暴力父親更亮出了「廚房的刀子」。因為家人面臨危險，「她」終於報警。危險算是暫時解除了，可是，家也從此破碎。站在警局裏，「她」不知道自己做對了還是做錯了，滿目悽迷的雨點，代替了淚水。最後兩段，語調從憤怒諷刺甚至自嘲轉為悲哀與迷惘，深深激動着讀者的心。這個作品，是人性黑點的見證，無論從內涵還是藝術角度看，都必須細讀。

你知道我為你寫詩嗎？

游欣妮

中文系

（一）

那些你最後的日子

我曾坐在牀邊

給你說故事

說一個童話故事好嗎

用你的語言

「古早的時陣，有一個灰小姐……」

然後呢　沒有了

我無從摸索故事的說法

又有誰認識　那個灰小姐？

天空流動薄薄如透明的藍

點算時光流逝的姿態陳套像電影橋段

碎碎唸着

便說起日子滾動如磨砂玻璃珠

關於生活的部分

旋轉一圈又一圈

如我的話　你的呼吸聲

你離去前　可知道我已經長大了？

（二）

太陽高掛的日子

平面的雲自然成形

滿街汗水反照澄黃的天色

時間彷彿就凝固

延長無風夏季的午後

唱一首閩南語的歌

我懂的還不過那幾首

模仿你習慣看的電視節目裏的演出

斷續響起間歇走調的語音

傾倒流瀉一室

（三）

日光穩定前移灑落

那曾經寄存我放下的糖果的角落

盪開一抹淡淡橙紅如橘子汁

過於空盪而枯萎的木桌面

只餘下片片撕掉的日曆

鬍子用不易察覺的速度生長

眼皮擺出沉默的姿態過於疲憊

紗窗外的七月如常盛開

然後我便發現

那裏好像曾經有一個放水果的碟子

香蕉褪去微微青黃冒起斑點

夏天的溫度風乾一盤長滿皺紋的梨

（四）

燈泡的鎢絲斷了

伴你許久的睡牀折斷了

城市忽然停止供水

大廈的電箱集體罷工

只能搖動大葵扇為你搧風

拒絕相信一切是你遠走的先兆

蒙塵夜色自眼底冒起

最後一次你張開眼

我合上眼祈求街燈昏黃的光圈

永遠亮着

（五）

火紅色的按鈕被按下

單薄的煙

飄升成一朵灰白的雲

我彷彿看見從前

自你指縫間浮起的無重煙圈

吞吐點點火光

而今你指頭瘦弱如枯枝

日後　手執從前向你討的煙紙

我又能喚誰做爺爺

評賞

我很少讀到比游欣妮這個作品更溫柔的詩，尤其是寫給老人家的「情詩」。一般來説，面對爺爺「最後的日子」，很少青年人會在意，許多依舊上班下課看電影上網，經常探望爺爺的大概不多。但游欣妮卻坐在他牀邊，用老人自己的鄉談給他講故事，逗他開心。

但是，爺爺總是睡得沉沉的，不知道是否已經失去意識。「你離去前 / 可知道我已經長大了？」這一行，暗寫爺孫在某種意義上早就分離了。對孫女來説，日子才剛剛開始，爺爺的歲月已經接近尾聲。第二部分，孫女企圖進入爺爺的世界，為他「唱一首閩南語的歌」，但大家的生命畢竟無法深刻重疊：「我懂的還不過那幾首」，於是只能「斷續響起間歇走調的語音」。生命追隨生命，總有追不上、抓不牢的時候。第三部分寫這種陪伴在側的時間無聲無息地溜走，痕跡難滅，卻不曾喚起誰的注意。時日無多了：「鬍子用不易察覺的速度生長」，卻依舊生長了；「那裏好像曾經有一個放水果的碟子 / 香蕉褪去微微青黃冒起斑點」，日子畢竟仍按着已有規律過去，爺爺的生命快留不住了。第四部分出現電力不繼、燈泡報銷和供水停止等現象，在作者眼裏，這一切都成了爺爺逝世的先兆。可惜爺爺回光返照地張開眼睛時，卻沒有遇上孫女的目光。這彼此錯過的一幕，鑄造了作品的高潮：他和她分開了，兩人都帶着遺憾。最後一部分寫爺爺火葬的場面。親人離世，生命好像給割下了一片。喊爺爺的時候，再沒有爺爺——那種心情，刻畫得特別具體。

這個作品在一百多首參賽作品中脱穎而出，獲第五屆大學文學獎（2008-2009）新詩組優異獎，不但因為它語調柔和，感情深刻而真摯，更因為它恰當地運用了「『我——你』交談模式」來寫，像一段充滿恩情的對話，像禱告，又像寫信，更像情話綿綿。過程中，「你」的形象慢慢建立起來（例如爺爺抽紙煙），「你我」關係點滴加強。讀着讀着，我們會發現，最初用閩南話講《灰姑娘》故事的人，原來不是「我」而是「你」；「我」給「你」買糖果，是因為「你」以往常常買給「我」吃……善用這種「『我——你』交談模式」寫成的詩，往往能把感情和細節融合得很好，使作品充滿感染力。

三、教育

教敲擊樂

鍾柏霖
中文系

我本來不喜歡說話，一直信奉魯迅的「開口空虛論」，總是覺得說話傷肺傷聲又傷神。但命運總喜歡把人搓圓按扁，金錢更恨不得你親吻它的腳趾。前陣子 Levi's 大減價，潮玩雜誌大賣 perfect-grade 命運高達的廣告。聽說在小學兼職教敲擊樂每小時可賺三百大元，我的嘴巴立即大得可以塞進兩個拳頭。強烈拜金主義不僅命令我要像孔夫子那樣在洙泗誨人不倦，而且還要我滔滔不絕地誨人不倦。我只能吟句「此恨綿綿無絕期」。

那間名牌小學教曉我什麼叫金玉其外敗絮其中，開敲擊樂班居然沒有一套完整的爵士鼓，更不用說馬林巴琴和定音鼓了。看着導師手冊其中一條守則——「保送學生考皇家音樂試」，我不禁呆住了，我只好問那個姓范的音樂科主任，到底有哪些樂器可給我用。她帶我來到不知是樂器室還是雜物房，指着大門旁邊一個小小櫃子，不發一言。那兒有一個啞銀色已長了鐵鏽的小鼓，也有一個鼓皮破了、要用牛皮膠紙修補的中國小鼓。我對音樂十分執著，問她櫃旁邊那套較像樣的大鼓和小鼓可否借卑職一用。主任托了托她的金絲眼鏡，雙手叉腰，鼻孔朝天，爆炸頭像《家好月圓》的李香琴。惹打的姿態彷彿告訴你：小子，你敢再吵？「爛佬怕潑婦」，我勇而不敢，急急退下。

大概天生我材必有用，雖然我不高也不兇，但身高樣貌足以讓我在開課的時候嚇嚇那五個小不點。上第一課，我想知道誰學過樂器，那個有點像原島大地的小男生，戰戰兢兢地舉起手説，他學過鋼琴和一點敲擊樂。我看他襟前的學生證寫着「小四馮喜賢」幾個字，心想這個姓馮的，應該是個才子來吧？

我記得小學開課最興奮的事莫過於選班長。當選後可以掛着班長章整年耀武揚威，比行長威風十萬倍，風騷得不得了。我看見他們當中有一個跟我一樣戴銀色眼鏡，大有知己之感，就叫他當班長。我問他叫什麼名字，他說：「梁文浩，四年級。」他還説明自己是新加坡人，但不敢回去，因為怕被抓去當兵。救命，自爆家世！

經過首數堂的試驗，我發現小子們對音樂的認識，可以説是零，即使那個馮才子也認為音符是鼻屎。我決心找一課教教他們一些基本樂理。小朋友，四分音符是橙，八分音符是蘋果，三連音是葡萄，十六分音符是士多啤梨。同學仔，我們來首水果大合奏吧！怎知弄出來的是一客不知所謂腐爛不堪的水果盤。經過我親身驗證，如果香港要採取活動教學的話，肯定會失敗。

水果教學法宣布失敗，但有一名學生居然對音樂產生濃厚興趣，我應該比撿到黃金還要高興。但這個小六生實在太特別了。他是有點弱能的，雙手甚至是畸形的。我並不歧視弱能人士，阿旺也自稱是單純不是傻。但現在情況就好像要王祖藍到 NBA 打籃球那樣，我總覺得無希望便無失望。

後來他們更使我明白到這一點。五個小不點已發現，這位老師不會罰人。鋼琴旁那一男一女的小二生公然親熱擁抱拖手，比倪周聯婚更震撼。我只好叫他們過來。他們好奇地望着我，水汪汪的大眼睛一眨一眨。兩小無猜的他們分明只是《咕嚕咕嚕魔法陣》中的魔女歌莉和勇者仁傑，我正想用最簡單易明的話教導他們什麼是複雜的男女之嫌，阿旺這時卻用粉筆在黑板上寫了一大堆疑似方程式，像極了羅素高爾在玻璃上狂寫數學公式。別人說天才與弱能只差一線是沒有錯的。歌莉和勇者又跑到那邊拿去我的銀包，說要翻找我女朋友的蹤影。這邊班長橫躺在滾軸椅子上，跟才子合演超人麥斯大戰巴魯坦星人，在我的前面、後面、左面、右面、左面、前面走來走去。我只想說：「兄弟我頭昏。」

頭昏事件就像黃金時段的肥皂劇，天天上演。我只想親自上演一齣《逃》。但那些學生似乎更懂得玩弄劇中的心理戰。聖誕節，勇者送我一張聖誕卡，上面有麥兜式的字，「鍾 sir」變了「鐘 sir」，「聖誕快樂」不懂寫，寫了「快快樂樂」，「樂」字還是寫錯的。你們以為這樣就可以籠絡我嗎？

才子玩心理更是出神入化。有一次，他拿着鼓棍耍獨孤九劍，左腳踏右腳，整個人仆在地上，哭到像隻豬。我惟有扶起他，安慰他，哄他，答應不告訴他爸爸，雖然我之後也悄悄告訴了。才子無論多頑劣，跌倒了，會哭，會喊老師，會不知所措地躺在地上。在這個課室裏，每個人都是小孩。

一年過去，合約期滿，我離開了那所學校。那張聖誕卡一直放在我的書桌上，而才子那張「merit」二級證書彩印本，我也把它齊整地放進證書文件夾，彷彿是自己考來的。至於那部 perfect-grade 命運高達，我沒有買，因為那五對鼓棍和五塊練習鼓板很貴。

評賞

這篇散文真的讓我大開眼界！作者是個徹頭徹尾的時代青年，好名牌、愛時裝、喜歡日本模型，到小學教敲擊樂是為了三百元一小時的工資，絕對沒有教育理想。才到了學校，他就感到厭惡。他不喜歡那位音樂老師，形容她的樣子時，極盡刻薄之能事，但他很公平，以「潑婦」稱呼對方之時，也言明自己就是相對的「爛佬」。

寫文章而完全不顧個人形象，是一大優勢，勝在「老實」。作品繼而描述五個「小不點」音樂基礎差勁，行事糊塗和學習能力低。但是，字裏行間開始流露出作者看着他們時的點滴愛心。他們也喜歡他，時而送他聖誕卡，時而在他面前撒嬌，最後，其中一位還去了考試，取得良好成績。過程中，「我」發現了自己已經進入孩子的世界。縱使文章裏使用的幾乎全是負面的字句，但這個「我」通過教學接觸孩子的嘗試，最後竟然教育了自己。本來想着要得到的名牌、時裝和模型都沒有到手，因為他把賺來的錢送還給學生——他買了「五對鼓棍和五塊練習鼓板」來送給孩子。從物質到感情，從看不起到愛護，作者經歷了人生的一課——以為自己不能愛、不屑去愛的「我」，終於意外地成了愛的實踐者。身為讀者，我們不禁問：「我」到底是天性純良，但沾染了時下的習氣，還是故意掩飾心底的友善？也許這不必深究。我們反倒要問，在教敲擊樂的一年裏，誰教導了誰？「在這個課室裏，每個人都是小孩」可作深層閱讀——原來「我」也有感情，會跌倒、會哭、會不知所措，會成長。

這篇文章我一看就喜歡了。我固然欣賞作品的幽默和活潑，讀的時候不停發笑，也覺得作者所寫的情況十分真實。最有趣的是這個「我」其實很怕別人說他有愛心，因為這樣會令他尷尬。於是，無論他的心情如何改變，他還是保持那種古古怪怪的「我才不管呢」的語氣。這種語氣和內容刻意唱反調，造成非常特別的效果，使人一見難忘。老實說，鍾柏霖這一招，實在是非常管用的奇招。

補習

袁錦笑
視覺藝術系

一三五是看家課冊的日子，

對於我和細蚊仔，

功課是一疊疊的枯葉，

功課的問題卻日日新鮮彷如剛剛發芽的種子。

「中英數功課好多唔識，

常識就好啦無功課，」

對完又改，

改完又對，

中英文作業工作紙在擦痕中完成。

數學呢？

「長方形有長有闊就計到周界啦！」

「我明明用間尺度過邊長，係四厘米同三厘米，

唔係十五同十六厘米。」

「個圖形用嚟參考，你要加啲想像力呀！」

「嗄，真係十五同十六厘米？

點解長嘅咁短，闊嘅咁長？」

「呢本習作啲圖形係隨意畫嘅，忘記圖形，照計就得啦！」

小明家有五個成員，

他們去看電影，

共花了一百元，

每人平均消費是多少呢？

「我唔識計，計極都唔啱，一百除以五係二十，

計極都係二十，計極都錯！」

「一百除以五等於二十，咪啱囉！」

「無可能啱架！戲飛點會二十蚊咁平？

你估我未去過戲院睇過戲咩！」

數學簿仍然不着痕迹，

滴答滴答七點正，

呼一口氣説拜拜。

評賞

這首詩應該列為香港新詩的經典作品，我不是說笑的。無論語言，涉及的社會現象和人物感情，都深具香港特色，而且幾乎每一句都切中香港教育的一些弊病，讀過了，我們首先會笑，然後必定悲從中來，為下一代擔憂。

這樣的好詩，可以逐行分析。第一行是「一三五是看家課冊的日子」，馬上見出孩子補習次數的頻密。上學之外，每星期三天補習，簡直叫人喘不過氣來。「對於我和細蚊仔」一行帶來一個問題：為何作者不用「小孩子」或「小朋友」，而要用「細蚊仔」？後者是廣東方言，用了不但傳神，這三個簡單的中文字「細」、「蚊」和「仔」，重複強調了孩子的「小」和「無力反抗」。第三和第四行，「功課」和「功課的問題」分別用了「枯葉」（已經失去生命的）和「剛剛發芽的種子」（充滿生命力的）來描述，很簡單也極有趣。「『中英數功課好多唔識，/ 常識就好啦無功課』」除了語氣生動，也清楚說明了孩子對做功課的態度。他雖然順服，但一點興趣都沒有。「對完又改，/ 改完又對，/ 中英文作業工作紙在擦痕中完成。」表示補習老師「我」並沒有幫助他真正認識不懂的部分，孩子做錯了的，她就擦去，讓他再做。其實孩子是挺認真的，他竟然用尺子把數學圖形量過才開始算數，發現它們的實際長度和説明上的不同。不過，從「我明明用間尺度過邊長，係四厘米同三厘米，唔係十五同十六厘米」看，我們就知道，作業上的圖形其實連比例都不對，教科書編輯的馬虎程度可想而知了。可是，補習老師並沒有向孩子解釋周界的算法，只命令道：「呢本習作啲圖形係隨意畫嘅，忘記圖形，照計就得啦！」看電影那一節，惹人發笑。「無可能啱架！戲飛點會二十蚊咁平？你估我未去過戲院睇過戲咩！」我們總是説孩子們沒有常識，可是，我們卻把脱離實際的知識放在他們面前，連發問都不許可。七點一到，補習老師就走了。孩子的作業還未做好，數學的概念還未明白，為何她可以離開呢？我們不禁問，孩子的媽媽呢？爸爸呢？為何學校的老師講得那麼不清楚？孩子分明是很乖的，按理應該明白學校裏教授的東西呀。他學不會，誰該負責？

袁錦笑這個作品善用語言，方言的運用是一例，長句和短句的交替運用是另一例。老師很想離開時，每一句都短；孩子感到無聊時，説話像唸經；兩者都有很強的模仿性。可見，我們建構詩歌的內在音樂時，押韻並不是惟一的方法。

謀殺案

陳子恩
中國研究——歷史課程

已經很晚了，爸媽早爬上牀倒頭大睡，他將耳朵緊貼牆壁，還可以聽到隔壁房間打呼嚕的聲音。這時他悄悄從被窩鑽出來，光着腳丫溜到窗前，掀起窗簾一角，街燈清晰地映照出每一滴雨水，細細密密的像無數從天而降的針，銀亮而無聲地扎在柏油路上。他定睛望着對面的大廈，大部分單位漆黑一片，惟獨斜下方一間亮着神龕燈的房子滿室暗紅，十足恐怖片的經典場景。他興奮地眨眨眼，目標鎖定。

最近班上都在討論那樁保姆車意外。他有十幾個同學坐保姆車上學時，車子失控衝上行人路把垃圾桶和燈柱都撞毀了。儘管無人受傷，但他的同學對於車禍被廣泛報道顯得非常雀躍，整天拿着小小一角剪報傳來傳去，指着比尾指甲還小的身影嚷着這個是我那個是我。他哼了一聲，心想這真是孩子氣。他認為他的笨同學不會想得到，有許多方法比這車禍更能得到別人的注意，比如說，成為一件謀殺案的目擊證人。

他緊盯着那間亮着紅光的房子，根本看不清裏頭有什麼擺設，只覺得每個黑影都在蠕動，窗框上幾條扭成麻花狀的鐵枝又似蜘蛛在舞動手腳，瞧得他心裏發毛，連忙用被子將自己從頭到腳罩住。對對對，連續劇都是這樣演的，古裏古怪的屋子必然是凶案現場，而目擊者也必然是住在附近的鄰居。他期待着一場打鬥，接着就是有人被扔到街上，五樓摔下去應該會死吧？上次颳颱風，夾在窗外晾曬的小熊布偶不及收回，不知被吹到哪裏去了。雖然後來在水溝裏撿回，不過腦袋的棉花全擠了出來，又濕又爛像擤過鼻涕的紙巾。他不禁嘻嘻地偷笑，隨即把笑聲悶在被套內，但身體還是笑得像蝦米那樣蜷曲起來。警察叔叔一定會讚他聰明，說不定當着校長和全校老師同學面前給他頒獎，爸媽也會很高興，或許會終於答應給他買部 NDS 遊戲機。他渴求這個很久了，別的同學都擁有了玩了很久，而陪在自己身邊的仍是黑白俄羅斯方塊。

分針的路程只走了一半，他已覺得睏了，到底什麼時候殺人？伸手摸進枕頭底，摸出一個皺巴巴的包裝袋，還有半塊曲奇，上次點心時間剩下的。巧克力像撒在泥裏的種子般冒出頭，有三顆剛好堆成一張笑臉，但願這塊曲奇也懂得自行繁殖。他咬着餅乾，目光偶爾從紅通通的房子溜到其他地方，比如街上一條隨處蹓躂的唐狗，或是三更半夜跑到廚房泡麪吃的老頭，以及在對面露台扯開嗓子聊電話的師奶。

他張大嘴巴打呵欠，突然聽見隔壁房間傳來開門聲，他嚇得趕忙揚起被子把所有罪證藏好，闔上眼睛用力扯呼嚕裝睡。然後他睡房的門也被打開，他刻意朝向牆壁省得露出馬腳，有人的氣息靠近，近得他能感覺對方的吐息在耳廓迴轉。媽媽給他蓋好被子的同時他幾乎心跳停頓，房間裏一陣沉默，半晌她才轉身離去並關上木門。他急於跳起來繼續監視，手卻摸到一個毛茸茸的物體，仔細一瞧，竟是雞毛撣子。

他愣住，不悅地抿起嘴，生氣地將雞毛撣子扔到牀下。重新撩起窗簾，對面那間房子仍亮着神龕燈，紅通通一片如今看來已不恐怖，倒有幾分預警意味。他只得拉好窗簾，上牀蓋好被子，閉起眼睛乖乖睡覺。

後來他把這件事寫在週記裏，只換來老師一個大紅交叉。以為老師看不懂，他於是拿出木顏色筆畫啊畫，畫出個連環圖解說，精美詳細程度絕不比專業新聞記者遜色。可惜經過幾次家長會面後，這些連環圖不再被允許出現，就連心愛的木顏色筆都被沒收。悶悶不樂的，他把下巴枕在桌面，拿着 HB 鉛筆在數學練習簿上亂畫，突然發現 2 像跪在刑場等待斬首的死囚，而 7 是有人被打到彎腰狂吐。他忍不住咭地竊笑，旁邊正在看電視的爸爸瞪了他一眼，他連忙捂住嘴巴，繼續乖乖做功課。然而那一個個數字已帶着故事闖進他腦海中，再也停不住了。

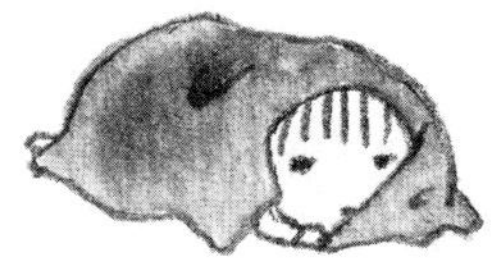

評賞

讀完這個作品，我們也許不大明白為什麼它有這樣沉重的名字。小孩子用豐富的想像力胡亂構思出來的「案件」，也可以拿來做題目嗎？而且，故事的後半似乎無關謀殺呢。且慢，讓我們來看看這個故事裏面的大人。

第一個是媽媽。她走進孩子的房間，明知道他還未睡，雖然沒有戳破他的「表演」，卻留下「雞毛撣子」，旨在恐嚇：若不乖乖睡覺，必得一身「藤條炆豬肉」；老師呢？完全否定了他的週記，可能因為這樣的想法「政治不正確」；孩子的心思退居死板的數目字，不慎笑出聲來，惹來父親直瞪眼。爸爸媽媽和老師，三個最重要的大人，一個禁制，一個否定，再加一個恐嚇，孩子的想像力就漸漸給謀殺了。謀殺的對象，原來正是本文可愛天真的小主角腦海裏活躍的思維。

這個短篇是陳子恩第一次成功投稿的作品。當時，一本對外介紹本港文化的雜誌接受了這篇稿子，還把它翻譯成英語，中英對照地發表，可見編輯先生非常欣賞這個題材和陳子恩的創作手法。陳子恩也實在準確無誤地描述了香港家庭和學校教育孩子的方針。無疑，這是她自己經歷過的；若非如此，難以寫得這樣幽默深刻。

用文學作品來評論社會問題，非常不簡單。我們會很容易墮入某些陷阱，流於説教、濫情或偏激。這樣的話，能夠引起的反思就不多了。例如説到老人問題，我們可能會這樣描述一個遭遇非常悲慘的老婆婆：她喪偶、兒子不孝、貧困、寂寞、兩腳殘廢、聾啞，最後還上吊死了……這還不夠，末了，作者還站到台上來，痛罵政府一輪，以為這樣就可以大大刺激讀者的同情心。然而，奇怪得很，這樣的作品一般不怎麼能感人。為什麼呢？因為老婆婆這樣的遭遇，畢竟不是常態，而是殊態；故事本身雖然令人震驚，引起的共鳴畢竟不多。

故事裏的老師和父母沒有做什麼令人髮指的事，但孩子天馬行空的想像力正在給人日夜「謀殺」。陳子恩寫〈謀殺案〉的時候，勝在能夠恰到好處地掌握感情的「火候」。目下的年輕人最喜歡一個「激」字，感情要「激」，説話寫文章要「激」，行為也要「激」。不過，很多人忘記了，「激」是一種透支，「激」過以後，才發現自己犧牲了反省空間、持久力、理智和深度。而這些優勢，卻正是陳子恩這些優秀的年輕作者所重視的。

明年不再來

溫國樑
人文學課程

拖鞋聲忽遠忽近
光潔的地板濺起泥濘
沾惹老教授緩慢的步履
衝進來，一個又一個
拿着炸薯條和漢堡包的同學
狹小的房間，尚有空出的座位
漂流教室已經越過南美洲的亞馬遜盆地
到達巴西邊境的伊瓜蘇瀑布
只不過半小時，對嗎？

撕破指甲的聲音無比清脆
後座擾人的蚊子，吸乾我耳背的葉脈
老教授繼續講解閱讀的必要
我忽然想起家裏堆積如山的新書、失約多次的聚會，還有
信用卡結賬的最後限期
失神的時候，我又錯過了幾次花開

老教授着我們圍成小圈
各自說出一個自導自演的劇本
我們坐到鐘面上十二個準確的方位
有人真的累得睡着了，教室的燭光逐點熄滅

投影機的瞳孔在天花板上發亮
座椅前後搖擺，筆桿旋轉
掉落地上，似要配合墮落的情節
我小心拆開額上的繃帶，流出黑血的傷口擴張
你若伸手進去，可以在漆黑中抓住金色的蘋果

你說三小時的課是場鬧劇
我驚見一個默劇演員躲在台後抽泣
筆記的紅與黑混雜成一堆木炭
灼熱我日漸模糊的小片視野
聽說老教授明年不會再來

評賞

為什麼老教授「明年不再來」？因為他失去了教學的信心。原來這位教學多年的老師（老教授）再也無法忍受目下大學生的學習態度，意興闌珊，學年完結後不再教學。詩中的大學生毫無禮貌、慣性遲到、衣履不整（拖鞋聲忽遠忽近），在教室裏飲食（拿着炸薯條和漢堡包）、聊天（後座擾人的蚊子，吸乾我耳背的葉脈）、有人索性缺席（狹小的房間，尚有空出的座位）、有人神游象外（漂流教室已經越過南美洲的亞馬遜盆地 / 到達巴西邊境的伊瓜蘇瀑布）、有人睡覺（有人真的累得睡着了，教室的燭光逐點熄滅）、醒着的也不見得專注（座椅前後搖擺，筆桿旋轉 / 掉落地上，似要配合墮落的情節）……這樣的學生，能給老教授怎樣的教學滿足感呢？

作者也有失神的時候，不見得十分專注，但他能夠體會到老教授的傷感（我驚見一個默劇演員躲在台後抽泣），他敬重他的學問和感激他的啟發（筆記的紅與黑混雜成一堆木炭 / 灼熱我日漸模糊的小片視野），而且非常珍惜這位老師

(聽説老教授明年不會再來)。

在大學裏，這些情況十分常見，老師們説起，一般都搖頭歎息。教授們以前面對的都是全城精英，曾經有一個時候，能夠考上大學的十九歲少年，只有2%。後來我們有了第二間大學，才增加了一些。至今，約五分一的孩子能上大學。普及教育發展得愈快，大學生的平均素質就愈低落。但專上教育能夠普及，畢竟是好事。問題是同學們打算全力幫助自己變成尊重老師和熱愛學問的年輕人，還是胡亂度過三、四年，空手而回？這是作者要我們思考的。

作者很會運用各種感官經驗把詩寫得吸引。拖鞋聲打頭陣，叫醒了讀者的耳朵。炸薯條和漢堡包繼而向我們的鼻子打招呼。《漂流教室》原是一本漫畫的名字，現在「漂」到了視像宏偉的南美洲，可見大家都在做夢。詩歌末段的「木炭」和「灼熱」則是強烈的觸覺。打開感官，是寫作的基本功，這方面，溫國樑做得很好。但最重要的，是他對老教授那份敬愛。如果沒有這種溫柔的感情，無論有怎樣出色的基本功，都無法寫出如此使人動容的佳作。

螞蟻教會我的事

黃逸詩

政治及國際關係課程

小時候，我曾夢想當動物學家，嚮往遊遍大草原、熱帶雨林和沙漠的生活，期待可以日夜觀察野生動物，不過後來發現在過這種生活、做這種工作前，原來要先唸一大堆艱澀的理論，我才放棄了這個念頭，上大學時更選修了風馬牛不相及的政治學。

雖然當不成動物學家，但神奇的動物世界還是吸引着我，使我無法自拔地總會將電視換到《國家地理》的頻道。

在眾多的動物紀錄片中，再沒有那段比「螞蟻過河」更叫我震撼了。雖然事隔多年，我已忘記了片集的大部分內容，惟獨螞蟻過河的情景，我還記得一清二楚。

小小的螞蟻要渡過一條牠們望不盡的小河，牠們那時的感覺，應該與我們要橫渡太平洋時的心情一樣吧！除了一籌莫展，還是一籌莫展。人類可以造橋，可以造船，但小螞蟻只能靠着牠們千百年以來的「聰明」辦法渡河。首先，至尊無上的蟻后會站在河邊，聚集一羣工蟻和兵蟻。彷彿聽到一聲令下，牠們就層層包圍着蟻后，像老太太捲毛線球一樣，上層的螞蟻依附在下層的螞蟻上，層層緊貼，形成一個密不透風的球體，不過在正中央的不是毛線頭，而是一族之首的螞蟻皇后。螞蟻球形成後，橫渡河流的旅程才正式開始，於球體正上方的小昆蟲，首先開步走，牠們是族羣的先鋒隊，如踩着大皮球的雜技藝人般，控制着球的前進方向和速度，不過牠們不是想炫耀自己高超的本領，只一心想渡過這道惡水。有點像在世界盃觀眾席的「人浪」般，跟隨在先鋒隊後面的螞蟻亦緊隨着向前進，這個單調的動作於是如波浪一樣，螞蟻此起彼落，沒有休止，直至成功到達河的對岸。

螞蟻渡河不只是壯觀的，還是悲壯的。

團結固然可以形成比個體更大的力量，但這種力量卻不如人們所形容的那麼無堅不摧，即使是渡河這樣的任務，單靠團結也不能成功。當螞蟻成功渡河，你會發現球的體積比之前大大縮小了，球經過之處，都會在水面上形成了一條棕色的「蟻路」，一條由螞蟻屍體散落而成的血路。球體是無始無終的，也沒有上下左右之分，先鋒隊一旦完成使命，便會在洪流沖擊球的底部時脱落。由於螞蟻不諳泳術，這些勇敢的士兵便無一幸免地成為「蟻路」的一分子，循環往復，在上位者終必被洪流拉下來，新的一羣則等待着下一次的沖洗，球體於是層層剝落、去掉，只剩下核心那幾百隻螞蟻和惟一的蟻后能平安到達彼岸。

何其悲壯，何其震撼！

螞蟻渡河體現了自我犧牲的精神。牠們不是被蟻后哄騙，也不是屈服於蟻后的淫威才願意付出生命來換取蟻后的平安，牠們是自願的，並知道自己的犧牲會換來族羣的繁衍和壯大，個人的性命讓路給整體的利益。牠們是無奈的，牠們明白，只有保存惟一有繁殖能力的蟻后，族羣才能在弱肉強食的世界中留有生機。自誇為「萬物之靈」的人類還不是和螞蟻一樣，跟隨着同一個法則，純熟地運用螞蟻教會我們的方法，高喊着「成功需要犧牲」來發動推翻暴君的革命、消滅邪惡敵人的戰爭嗎？只不過人類形成的球體中心處藏着的不一定是個會履行諾言的蟻后，人的族羣也不會只為那獨一的「后」而生、而死。可能最後你會發現陣亡的戰士將帶着一連串的問題迎接死亡，其中一道會是：我們所保護的是什麼？

評賞

正如作者所說，人類自誇為「萬物之靈」，說到無私與忠誠，還不如螞蟻；說到犧牲精神，更無法與這小小的昆蟲比擬。人類高喊着「成功需要犧牲」的口號時，心中可以充滿私慾，他要求同伴犧牲，自己卻爬上權力的最高位置，殘民以自肥。因此，面對犧牲的時候，我們必須運用智慧，先搞清楚「我們所保護的是什麼」才行動。換句話說，螞蟻教會我們的事有兩種，第一，學習螞蟻的團結無私，反省自己對權力的看法；第二，不可胡亂犧牲。就此二事，人類必須謙虛地向螞蟻學習。

然而，螞蟻的團結乃造物使然，只是大自然的現象而已，何來教導人類的意圖？蟻后固然不是無私的人物，螞蟻單單做有利族羣的事，也不見得是無私的表現。說到底，那不過源於求生的基因。正如螞蟻不曾考慮過自己的安危才去做蟻球的外層。吊詭得很，作者卻説螞蟻「教會」她看世界。很明顯，這種領悟，正是人類「自我教育」能力的體現。

我説吊詭，是因為原來人類才真正是「教」這種活動裏的老師和學生。人天生好權力、愛財富，利己的念頭往往首先出現，但是，人有別於萬物：比較成熟的人，會常常檢察自己的動機，查問自己的心態行為是否符合道德良心，從別的事物或生物上「學會」種種利他精神。

何以見得？歷史上不是很多暴政暴君嗎？證據就在他們被看為「暴」這事上。黃逸詩為何寫這篇散文？同樣因為她正在反省人類的錯誤，進行自我教育。原來人類總活在永恒的掙扎中：一時被權力和欲念所牽引，一時被心靈的自覺所挽回。前者讓我們愧對萬物之靈的美稱，後者教我們努力尋求生命的終極價值。所有的哲學和文學，都起源於此。

黃逸詩的文字毫不做作，自然中帶有力量。她的文章容易讀，卻有深度。這是因為下列幾個條件。第一，她善於説明。螞蟻過河的一幕，她寫得很生動，讓我們能夠想像當中的驚險。第二，她能夠清楚表達這個故事的啟發。第三，故事和啟發之間的關係清晰，不會讓讀者疑惑她如何得到這樣的結論。這種先寫論據的方法，強調了論據的趣味，減低了議論文的硬度，讀起來好像聽朋友說話一樣容易。這篇文章，我一看就很有印象，特別是末後的句子：「我們所保護的是什麼？」黃逸詩不但會寫作，還很會教導呢！

美麗

徐務研

傳播系

這夜，雨淅淅瀝瀝地下，滴在她身上，揮發成不敢放肆的傷感。她高舉着一把珍寶珠圖案的傘子，甜蜜的果味把身處雨簾外的他們重重地籠罩，使她渾然忘記他比她高出幾個頭。

因為她正在撐傘，他只好放棄牽手的念頭，輕輕地摟着她的纖腰，使過分寬鬆的衣物緊貼她的肌膚，沾上了她的汗水，而他絲毫不發現她的濕，她則為實在久違的碰觸而暗喜。

打開餐廳厚重的玻璃大門，他逕自內進，門外，在柔和光線不能觸及的黑暗裏，她狼狽地收好「縮骨」傘子，兩手竭力地推開大門，三步併作兩步地追上他，而室內光滑的大理石使她險些跌倒。

餐廳內的燈光照着她美麗細緻的臉容，高挺鼻子的影子掩蓋了右眼的神情，頃刻的光明使她感到刺眼⋯⋯*很光很光，光得睜不開眼，燈光下小刀閃出的*

冷光，白色的袍子，綠色的口罩，說我們要開始了，沒事的，很快會過去，來，睜開眼，光在眼前閃過，一劃，眼皮的拉扯與撕裂，眼睜得更大，使他眼睛第一次靜止地望進她的大眼，令她相信疼痛連同美麗已進駐了她。

他倆來到長桌前，那兒坐了許多穿得時髦的男男女女，很是熱鬧，看到他倆，也就每人挪開一些空間，熱情地招呼他倆坐下。

「真難得，終於帶女朋友來吃飯了。」朋友搭着他的肩膀。

她點頭，細細地回應：「你們好。」她儘量把口部的動作收細。

朋友打量着她，眼光在她的臉龐、胸脯、腰肢徘徊，然後向他單了一下眼睛，「好樣的妞兒，偉豪真有眼光。」

偉豪笑了一下，臉容放亮了許多，「別説了，先給我點一份鐵板牛柳好了，我餓得要命。」

侍應過來了，他們問：「嫂子，要點什麼嗎？」

她搖頭，對方打趣地問：「減肥？嫂子一點都不胖，用不着減肥呀。」

偉豪連忙道：「才不是，她就是怎麼吃也吃不胖，來一份和我的一樣就行了。」

那些骨瘦如柴的女孩聽後大呼羨慕，她則靦腆地笑，不露齒地笑得含蓄。

「偉豪你這小子這次終於找到一個美人了，真是三輩子修來的福。」他們打開了話匣子，也就開始高談闊論，你一言我一語。

「就是嘛，哪像上次你帶來的那個女孩，又胖又醜，叫什麼來着？」身穿緊身衣，頭髮像個雞冠的男人問。

身邊的女人皺了皺眉，不悅地用手肘推他一下，警告他不要那樣無禮。

「麗淇。」偉豪的臉黑了起來。

氣氛異常尷尬，她只聽到杯子碰撞桌子的聲音。

「哈哈，志傑還是那麼口不擇言。」良久，才有人打破這死寂的氣氛。

她把手輕放在偉豪的大腿上，柔聲地問他：「你心情還好嗎？」

偉豪沒有回答，只是高聲地向座上的朋友說：「外貌根本無關重要，內涵才是最重要的，我可不是膚淺的男人。」他的臉因激動而紅透了。

志傑不忿地反唇相譏：「麗淇的確很有內涵，但那食量嘛……」

此時，大家來了個哄堂大笑，偉豪氣得臉色發紫，她卻因偉豪的話深深地感動，也就說：「其實生得美不美也不是重點，性格好就是了。」

「嫂子深明大義，不吃醋反而幫別人說好話。」

「對對對。」

「管他的麗淇，嫂了內外兼備才是最好的。」

偉豪的手再次摟着她的腰，得意洋洋地道：「別說了，免得把她讚壞。」

她不好意思地垂頭，看着水杯中自己那模糊扭曲的面容，心裏感到無限委屈，但他手心的溫度，叫她再次想到樣貌真的不重要。

侍應把鐵板大餐送上，把刀叉逐一放到他們的面前，鐵器撞擊的聲音直沖耳膜，劈里啪啦，*刺耳的聲音快要把它劃開，劈里啪啦，拿三號刀。拖曳的聲音、鐵器的味道湊近，誘發鮮血的鐵鏽氣味*，鼻子可扁得嚇人，他朋友說，*劈里啪啦*，還欠一把刀，*快拿來，綠色口罩在眼前浮動*，呼叫，*塑膠在血泊中躺*

臥，血線縫紉希望。

不露齒的微笑，掩飾她的無心裝載，她拿起刀，先切掉牛柳上的肥肉，黃黃的膏狀物體，*血絲混入脂肪緩慢地被吸吮*、切割，牛柳的血慢慢地滲出，血在黑色的鐵板上滋滋地冒煙，*內裏未熟的粉紅嫩肉翻了出來，鐵器拉鋸那肌肉，清晰的紋理，有血的地圖。*那麼貪食是一種罪，他們說，*多麼嘈吵，機器內空氣的流動，多麼嘈吵，嘈吵地往肌肉裏亂竄*。舌頭抵着牛柳因烤過而粗糙的表面，*粗糙，身體上的縫線，凸起的門檻，跨進美麗的門檻。*

她感到腰間的衣服變窄了，以痛苦而換來的寬度在慢慢收減。她頭昏了，鼻頭一酸，肉在嘴中混着什麼成了痛徹心脾的鹹味。

他們把血淋淋的肉往口中放，「那麼醜，真的很難帶她出來見人。」他們在吃她的肉，喝她的血，偉豪的手摟着她那流血不止的腰。

她再也受不了，掩着嘴巴，忽地離開餐桌，匆忙衝進洗手間，抱着馬桶吐了起來。酸臭的嘔吐物流過她污黃、被胃液侵蝕而參差不齊的牙齒，連同眼淚洶湧地落在馬桶內。

手機震動，她無力地按下擴音鍵，聽到偉豪的聲音。

「麗淇，扣完喉就快點回來吧。」

她再受不了那腥臭，走出洗手間，走出了餐廳，沒有回到餐桌，也沒有拿回放在餐廳門外的傘子。

評賞

徐務研每次交來的作業都叫我吃驚——她視野大，勇氣可嘉，每次都寫我意想不到的題材，不知道這是否與她也創作舞台劇劇本有關。

這次她描述一個可憐的女孩子。因為男朋友嫌她長得太胖、太醜，她就跑去抽脂、整容。終於，在一頓晚餐前後，她看清楚了：看清他的自私，他要面子，他不尊重她，完全不在乎她所受的痛苦，更不理會她在人前的感受。他比她高很多，但連拿傘這樣的小事都要由她做。他的友人不知道眼前的漂亮女子正是整容後的同一個人，不斷取笑她以前的模樣，他聽後馬上黑了臉。她在洗手間嘔吐，他不理會她的不適，只命令她馬上回來演戲，好教朋友繼續羨慕他。換句話說，他不愛她。故事簡單而清晰地指出目下年輕人某些夢想的虛謊和醜陋，社會不斷對女孩子推銷「愈瘦愈美」的信息，傳媒又常使年輕人誤以為名牌和美貌能帶來真愛，新一代更天天被灌輸「消費使生命無憾」的扭曲價值。作品反映的，正是這一代人每日所接受的是怎樣的「教育」，斥責此等「教育」如何塑造了男女老幼畸形的審美觀念。

徐務研擅長插敍，這可能和她熟悉戲劇場面的佈置有關。看到燈光，她就想起了手術室內的燈，和割開眼線的痛苦。牛排刀切入牛肉，她又記起了抽脂過程的可怕。每一次進入記憶，都是如此自然；但是，一旦進入了，場面就變得驚心動魄：血淋淋的傷口，尖鋭的刀鋒，強烈的痛覺，都是作者故意使讀者倒胃口的描寫。最後，女主角和我們一樣，真的倒胃口得要吐了，男主角卻認為她為了保持身材跑去「扣喉」。但她沒有，反之，她成長了。她不再回到餐桌，反而回家去了，去尋找真正的自己。在許多掙扎和痛苦之後，她鼓足勇氣，揚棄了這個膚淺且自我中心的男朋友。這一頓飯，是一個充實的覺悟過程。我特別佩服作者把這過程寫得如此有力，讓我們全心全意支持女主角的決定——這，正是徐務研文筆功力所在。

文化教育中心

曾慧婷
中文系

由港鐵站出發，從美心餅店旁邊的通道穿出去，踏上天橋，就會來到一座銀色的大廈。那裏的時裝店林立，人來人往，在身旁穿插的多是家庭主婦，或者是準備來美容、健身的套裝小姐。我經過郭富城紙牌，視線掃過左邊櫥窗內的日本進口飾物，然後快步走到三樓，轉乘電梯到二十八樓去。

電梯門打開，我已經來到大廈的頂層，往左邊拐就是我工作的「教育中心」。那是一個四方格子，老闆將報名處左面的地方用書架劃開，將「小組教室」自報名處分割開去。報名處以後的空間劃成教室，然後借了大教室一部分空間，間劃成「列印機室」。老闆是一個理科畢業生，他說這叫做「細胞分裂」，為了善用資源，將「細胞分裂室」的前半部分劃為「超級小組教室」。於是，大教室成為「超級小組教室」的老師學生前往教室的必經之路，而「超級小組教室」又成為了前往「細胞分裂室」的職員必經之路。大教室的人不斷來來往往，「超級小組教室」間中來來往往，這種流動甚少間斷，不管大教室當時有沒有人在上課，反正大家已經習慣一些不相干的人在附近出現。一切好像是理想當然的。

第一次和老闆見面，就覺得他的眼睛分得挺開。每次看見我，他都會掛上一個燦爛的笑容，然後要我跟他分享上課經驗。他喜愛談作文，喜歡問我怎樣寫得突出而又不冒險。起初我是會回應的，可是他全都否決了我的方法，然後說了一堆建議，問這可不可行，那可不可行。我怕得罪老闆，勉強說可以，不過要貼題，他拍手讚好，說：「對！這就是我要的答案！」我以後再沒有回答老闆的問題，只是微笑着，然後點頭，輕輕回應他的笑容。老闆以為自己得到了肯定，笑得更燦爛。

老闆口中經常提及「蔡 Sir」這個人，他是教育中心的「鎮店之寶」，聽說他有三十多年的教育經驗，寫過幾本書。教育中心的門口擺放着蔡 Sir 的人形紙牌，紙牌上的蔡 Sir 拿着一本字典，托着眼鏡，向路過的家長展露既誠懇又親切的笑容。去年的我，也曾經為這個紙牌感動。自童年某個暑假我強迫弟妹在角色扮演遊戲當我的學生後，我就決定將來要當老師。多年來，我一直堅持着這個理想，雖然中學時的老師一直説教書的會被人輕看。我曾經站在「教育中心」的門口，咀嚼廣告牌上的文字，那時候，我覺得蔡 Sir 的紙牌很高很大。

那件事發生在大學的考試期間。老闆一直希望我能夠跟蔡 Sir 好好學習，並吩咐我到教育中心旁聽蔡 Sir 的課。那時候我還未正式入職，對蔡 Sir 充滿憧憬，於是提着一疊筆記前往，準備在一個多小時內好好充實自己，然後回校繼續努力溫習。

那一節課我始終沒有看見蔡 Sir。踏上防火膠木板，老闆在我的視線範圍內展現笑容。「阿盈，看見你真好，我到辦公室開會，你努力啦！」我友善地向老闆道別，便提起精神邁步進去。報名處職員給我一張時間表，上面寫着「十二時三十分：小學英文作文、二時：中文文法」，為什麼突然多了一節課？我立刻告訴報名處小姐，我只是來旁聽十二點半那節課。「什麼？不是旁聽，今天是你上課。」那些小姐一口咬定我答應了老闆，十二點半的時候就把我送進教室。室內坐着幾個高小學生，「老師你是誰？」這時候老闆突然回來了，走進了「細胞分裂室」。「不如你們先介紹自己。你們讀哪間小學，讀幾年級？」手上沒有筆記的我惟有採取拖延政策。「這是作文班，我們以程度分組開班，各位同學請不要介意，上課時有興致就儘量寫，沒有的就參與討論。啊，Jackie 仔，你這節課有沒有信心寫一千字？」老闆口中的「Jackie 仔」沒有搭理他，我在老闆面前一副氣定神閒的表情，內心其實揪得很緊。之後老闆又消失了。

我始終沒有離開那「教育中心」，那時候我竟然懷疑是自己錯聽了老闆當日的意思，「『sit 堂』也許是上課的意思吧。也許老闆沒聽見我說要考試吧，照常理一個教育工作者應該不會這樣沒有同情心的。」這種懷疑令我繼續在那裏待下去。

走進中文文法班，學生就起鬨了。「蔡 Sir 呢？你是誰？」「我是新的中文老師。」我看見老闆從玻璃門外鑽了進來，整理筆記，眼睛朝下，焦點明顯不在筆記上。「對，我是新的中文老師，也許你們以後是我的學生……」老闆再次插嘴：「不是啊，蔡 Sir 今天要出席一個講座。蔡 Sir 很忙，阿盈你要幫助他。阿盈老師以後是蔡 Sir 的助手。」「哦，她是跟班。蔡 Sir 真威風。」有學生悄悄地說。老闆再次消失後，學生又起鬨。「老師，聽說這裏的中文老師薪金很低，你為什麼要來這裏上班？」「當然是為了錢啦！」我裝着聽不懂，開始講解修辭技巧。「比喻可以分為明喻、暗喻和借喻，結構可分為本體、喻……」，「比喻可以分為明喻、暗喻和借喻，結構可分為本體、喻……」有學生模仿我的話，一句接着一句，他旁邊的同學顯得相當興奮，在他們的眼中，我看見懷疑和嘲笑。「有誰不願意繼續上課？」大部分同學高高地舉起手來，明擺着向我示威。於是，我把他們全都趕走了，很冷靜地。這些就是蔡 Sir 的學生。

小時候經常做一個夢，夢裏媽媽和妹妹被月亮抓走了，我被一羣狗追趕，沿着舊式大廈的走廊拚命奔跑，什麼時候才會停下來？我不知道。離開大教室，我心裏再次泛起那種沒完沒了的徬徨。我不能打電話給媽媽，聽到她的聲音，我一定會崩潰。我壓抑着情緒，走進「細胞分裂室」，儘量使自己冷靜下來。附近的阿賢在電腦前工作。

「剛才我聽到蔡 Sir 的學生欺負你，他們說你只能當幼稚園老師，那他們連幼稚園學生都不如。」說這句話的時候，阿賢的視線依舊沒有離開電腦熒幕，「老闆叫我回來旁聽蔡 Sir 的課，可能我理解錯了。」我急着找人訴苦，但是又下意識地自我保護起來。「他媽的！講一套做一套！請我編寫電腦程式，一會兒又叫我處理行政事務，光管電掣壞了要我修理，他妹妹不會用電腦，要我去教她。我不去，他說我做事方法不健康。他媽的，不帶腦袋上班！」

我在阿賢的背後偷偷擦淚水，不停以「唔……」回應。「告訴你，我不喜歡大學生。那些大學生，以為自己很聰明，其實都是豬頭。我從前是學生會主席，邀請各大學學生會合辦一個音樂會，他們準是認為我們副學士不夠水平，拒絕了我們。其後又找我們做幕後工作人員，說因為人手不足。那些大學生滿口理論，我真不明白為什麼一件小事要幾十人去做！大學生，很多人的學位是買回來的！我兩個表姊也是這樣，姨媽覺得很威風。媽媽不停強迫我去讀大學……」阿賢一直沒有回頭，電腦的熒幕上不停彈出一行又一行由英文字和符號組成的句子，的的答答的的答答，組成一首欲行又止的進行曲，填補空間的縫隙。

「請勿觸碰我的電腦，以免妨礙收生程序。嚴禁將 USB 插入電腦，違例者將收到警告信。」我對電腦上的字句感到興趣，突然有人敲門，我被引了出去。一個家長前來投訴，「為什麼你們上課不提供筆記？」「我報了蔡 Sir 的班，為什麼會是你？」我回頭看那些報名處小姐，她們裝着看不見，然後溜掉。我提起電話，電話的另外一邊是老闆，「家長，這裏會有個滿意的答覆」，然後我大搖大擺地走進去。那兩個報名處小姐在「細胞分裂室」內打來打去鬧着玩，「決定了，我去讀副學士。」「那你幹嗎重讀中五？」「呵呵，為了浪費我爸爸的錢！」接着，她們跑了出去接電話。我跟阿賢對望了一眼，我說：「讀大學讀副學士也是浪費金錢，好像讀大學比較聰明」，阿賢不理會我，繼續打字。

考試前夕就這樣過去了。

一年了，自從大學宿舍生活結束後，我也就宣布破產，然後我就在這所「教育中心」身不由己地生存下去。我調查過蔡 Sir 的背景，原來他是一個基督徒，出版了一系列書，內容關於四十歲以上男性基督徒面對的問題，例如性能力下降等。家長繼續擁戴蔡 Sir，說他是一個大作家。蔡Sir的班滿了，就將學生「流」給我。很多家長反對這個安排，於是老闆又巧立名目，照樣將學生「流」給我，但我的班叫做「細胞分裂班」，導師是蔡Sir，我只是助手。至於老闆呢，他仍舊喜歡對着我笑，我一直想告訴他，其實我最討厭的科目有三科，一科是生物，一科是物理，一科是化學，我只知道唐君毅先生的「維護人的尊嚴」，不知道什麼是「細胞分裂」。

下午，向來憤世嫉俗的阿賢突然大叫：「這是怎麼樣的文化？」說完，他在電腦前唱起陳奕迅的〈明年今日〉。我很喜歡裏面的一句：人總需要勇敢生存。我站在二十八樓的窗戶前，被大帽山環繞的半個市區，是那麼雜亂無章。聰明的政府營建了一個有系統的城市：用一條又一條的天橋將那些高高低低黑壓壓髒兮兮的舊式樓宇緊緊牽連，居民理所當然地繼續生活。在海岸線附近，那市民口中的「屏風樓」彷彿直插天地，形成了一股黑暗勢力。室內電話又響起了，職員忙得團團轉，我坐在「超級小組教室」裏，享受老師派給我的《看海的日子》。

評賞

許多大學生都曾在成行成市的補習社打過工，職銜多是導師或老師，職責是替中小學生補習。孩子上了一整天課，或在學校度過了一整個星期後，再到這些「教育中心」來「加碼」。學校裝作看不見，希望學生從中得到一些幫助，公開試取個大好成績回來；家長更樂於讓孩子出人頭地，於是把優秀的孩子送來，給他們錦上添花；也把落後的兒女推來，叫他們趕緊追上。不過，這一切都只是空想。曾慧婷這篇短短的散文説明了補習社徒具虛名。

這一家就非常典型，號稱「文化教育中心」，銜頭大則大矣，其實一點文化都沒有。先説老闆，他只知道賺錢，對着中文系本科生，竟明示暗示地要求對方跟從他的方法教孩子寫作，燦爛笑臉下是把弄權力和自我陶醉；「著名」的老師吹噓自己是作家，但所著之書與教學完全無關，責任感也不見得好，竟可以隨時放下學生去做自己的事；孩子們同樣一點教養都沒有，就像他們的家長一樣，説話完全不顧別人的感受；其他職員更差勁，不是語言粗鄙，就是學無所成。

補習社的「小」，象徵着其視野的淺窄。無論老闆把有限的空間再分成多少個格子，其總面積也不會增加。老闆於是運用「命名的藝術」（其實是騙術），企圖掩飾其局促瑣碎。作者考試的前夕，老闆哄騙她到補習社代課，完全不顧她的前程。但是，這樣的一羣人竟然可以擊中家長望子成龍的要害，自稱為「教育工作者」或「名師」。這當然又是名不副實的。作者花了很多篇幅來描寫這些誇張的虛銜，可見她對此中的虛假信息甚為不滿。寫到最後，作者慨歎自己承受着經濟壓力，無法不繼續留下工作；要對抗虛銜，惟有努力充實自己，打開處處被卡死、被鎖住的視野。趁着休息時間，她打開黃春明的《看海的日子》來讀。

這書名中「看海」的開闊意義，正好用來對抗補習社的淺窄狹小。如果不詳讀此文，我們會以為作者只是在平鋪直敘地談個人經歷，創作時沒有運用任何文學元素。但是，細心的讀者會發現曾慧婷才是高手，她用了我們還不知道呢。

大人國

劉學靜
社會工作系

對於這個複雜的世界，我只能奉上一個又一個的問號。

若要我為這地方起一個名字，我會稱之為「大人國」，而我只是「大人國」裏的一名小人，微不足道，什麼權力都屬大人所有。我和其他小人一樣，時常要抬頭跟大人說話，但他們從不會蹲下。事實上，我們這些當小人的，長年累月地抬着頭，脖子也累了。大人常說我們是社會的未來主人翁，但我只感到他們高不可攀。

今天，我如常上學去。因為媽媽趕不及煮早餐，便帶我到便利店買小吃。兩位太太站在收銀處爭着付錢，明明只是十餘元，也要爭持一番。她們化了濃妝，還穿了高跟鞋，而且各自帶着一名小朋友。她們只是送子女上學，真不明白為何要如此悉心打扮。

後來，我跳上校巴，坐那屬於我的座位。從來我都只可以坐這個座位，別無他選。校巴的一角，有一個稱為「皇帝位」的單人座。這位子的主人，永遠是一名身形特別高大的胖子，沒有人有膽量與他爭位子，縱然每個人都對它虎視眈眈。我們每個人都很想一嘗坐這個位子的滋味，即使明知道它根本沒有什麼特別，除了那權力的象徵之外。

一踏進校門，我的雙眼迅速搜尋同伴的位置，然後奔跑過去。她們已經在跳橡筋繩了，真羨慕她們的校車這麼早回來。遲回來的，便要負責拿橡筋繩。如果我的校巴能早十五分鐘回來，我便能免此一役。

好不容易才等到其他同學回來，我終於可以擺脫這個悶得發慌的崗位。助跑躍起，轉身落地，多麼的滿足。以前曾經有姐姐教我，跳橡筋繩的花式有單跳、雙跳，這兩種我早通曉。繩的位置由腳踝、膝蓋、大腿、腰間、腋下、肩膀、耳朵去到頭頂。跳橡筋繩是校內最受歡迎的玩意，人人都想愈跳愈高，終有一天連頭頂的繩也能跳過去。我覺得太高了，輕輕鬆鬆跳過腰間的位置，不是更快樂嗎？她們說大人教我們要對自己有要求，但我總覺得有的要求太苛刻。

預備鐘聲響起來了，那是我最不喜歡聽到的鐘聲。和同伴牽手走到操場集隊，突然，她鬆開了我的手，冷冷地拋下一句：「你的手很粗糙，我不拉你了。」然後她往前跑，牽着另一個同伴的手。我因而後悔小時候曾經頑皮，為了採摘七彩的馬纓丹，使雙手時常脱皮、發痛。但這次被人撇下，我覺得比那時還要痛。

集隊後，我們排隊步上課室。第一堂是中文堂，老師的眼神輕輕地掃過課室中每張臉，點了數個同學的名字，然後請他們出來並和他們竊竊私語。我知道老師挑選他們參加朗誦節，因為過往都是他們出賽的。老師從來不知道我很想參加，也從來沒有選中我。我明明有響亮的聲線，但沒有人聽見。我一直妒忌這些被選上的同學，總覺得他們常擺出一副志得意滿的樣子。我曾經想過跟老師表達參賽的想法，但我知道老師一定不會選我的。

今天又要上音樂課了，老師請了懂得彈鋼琴的那位女同學出來表演。我很羨慕她，彈琴時那優雅的姿勢實在叫人嚮往。那些彈鋼琴、跳芭蕾舞的同學，總被老師形容為品學兼優多才多藝，而我卻從未受過如此讚賞。我曾經跟媽媽説過，我也想學彈鋼琴，但她總有一大堆不明所以的理由拒絕我，還要倒過來説我做什麼也三分鐘熱度，哪能學會？你們這些大人都不明白我的夢想，我沒法跟你們溝通。

眨眼間又來到最討厭的星期六，又是要參加小女童軍的一天。那些穿綠衣的領袖，從不會留意到我，她們的目光只會停留在那些來自九龍區名校的女孩身上，我永遠被擠出來。這裏的領袖都很喜歡逼迫我們去考章，啡色布帶上的襟章愈多，便愈大機會當上小隊長。我襟章的數目明明超越了剛上任的小隊長，但領袖沒有選上我，我想是因為她來自名校。

每次回到這地方，我只看到自己如何卑微。我穿着的童軍制服，是別人轉贈的，已經褪色了。隊目裏其他女孩身上的制服簇新，那深啡色的制服裙，特別光鮮，彷彿正向我示威。她們的眼光，從不會停留在我身上，有時也許會打量我一下，透着輕視的目光。我很討厭這一身的制服，它把我標籤成另一族羣，然而，我又沒有能力擺脱這身分。她們早已擠身進了大人國，説大人説的，做大人做的，容不下任何小人。

在這裏我沒有笑容，只感到很大壓力。我曾經用格仔紙寫了一封信給媽媽，內容大概是我不想再當童軍了。她看後一笑置之，還跟我説要堅強一點。那封信更被她貼在當眼的櫃子上，每次親戚到訪看到這封信，都會取笑我一番。我其實真的很想放棄當童軍，但媽媽好像從來不知道。

你們這些大人是否摀住了耳朵，扮作聽不到我們説的話？

這個學期，我的作文考試不及格，老師責備了我幾句，然後叫我跟媽媽説。最後，我沒有跟媽媽説，因為我知道她一定會罵我的。到了家長日，媽媽終於知道了，連珠炮發地説了一大堆話，我完全無力招架。你們滔滔不絕，小人們未曾當過發聲分子。也許你們覺得自己一定是對的，作為小人，我不好意思反駁。

有時候真感到和大人們溝通不了，我會仰望天空自言自語，説説自己的事情，説説自己的夢想，我知道雲朵會聽見，甚至覺得它們是我的朋友。大人們每次看到我這樣做，都會説我傻了，甚至投以歧視的眼神。被責備無數次之後，我決定放棄這個朋友了。

小人國一點一點地被大人國侵蝕，屬於我們的領土愈來愈少了。我曾想過捍衛這個小人國，但大人們只會帶着他們的冷言冷語步步進攻，到頭來還雪上加霜。我決定默不作聲，不再為小人們孤軍作戰，轉身踏上通往大人國的路。

評賞

劉學靜寫這個作品時，是大學一年級的同學。我還記得她的樣子，很孩子氣，臉小小的，如果你説她是初中生我也會相信。她畢竟內外如一，孩提時代的事情記得清清楚楚，而且好像可以隨時回到那個「小人」的國度裏。

這個故事的敍述者是個小女孩，她正經歷着種種由大人為她設計的「教育」，表面上在學習中、英、數、常，參加有益的課外活動，例如女童軍。但她真正學會什麼呢？是精英主義（例如老師只把朗誦比賽的機會留給學業精英）、面子的重要（例如那幾個化妝太太在爭妍鬥麗、搶着付錢），權力的重要（例如校車的皇帝位給身形高大的胖子霸佔），既得利益者所得的優勢（例如因早到而可以跳橡筋繩的同學），勢利眼（例如女童軍隊長只看重名校隊員）……

這一切，是誰教會孩子們的呢？老師、家長、童軍領袖紛紛出場，在劉學靜眼中，大人國裏的一切，都是小人國積極模仿的對象。表面的教育框架一點用處都沒有，大人心靈上的自私小器和爭競，小孩早已看透。

劉學靜的筆法很特別，她沒有扮成純真可愛的小孩，事事懵然不知似的，反而非常老實地把她對大人的反感和盤托出，讀來極有真實感。小孩子愛恨分明，但是，他們的價值觀卻仍可以塑造。所以，強烈的愛恨很容易在錯誤中迷失，變成亂發的脾氣，或沒有準則的好惡。這個「我」正是好例子。劉學靜用最末兩段指出孩子的悲哀：他們最後學會了大人的處事伎倆和乖謬性情，成為大人，「背叛」了小人國，再無法憑藉天生的是非觀去評價世界了。不久，他們將成為逼迫新一代的大人。「我決定默不作聲，不再為小人們孤軍作戰，轉身踏上通往大人國的路。」我們為孩子安排的教育體系，到底發生了什麼事？我們無意中「以身作則」，口說一套，舉手投足之間卻流露出另外一套，實在太不像話了。真正洞悉世情的，原來不是我們這些大人，而是成千上萬無力反抗的小孩子。誰該做誰的老師？耶穌基督讓我們回頭向小孩子學習，正是這個意思。劉學靜這個作品，充滿熱鬧氣氛和聰明睿智，卻是個徹頭徹尾的悲劇。

課室

邱浩階
中文系

那是數年前的一種經驗
打着瞌睡排着隊，幾十人
踏進一道小小的木門，裏面排列的桌子整齊像鍵盤
我們走到屬於自己字母的位置，被幾根看不見的手指
按下
復又起立，嘔出長長的音符
「老——師——早——晨」

然後我們翻開書頁，感覺像翻開一間間課室
四方形的文字像極我們的座位
有時看到它們移動，但大多數時候
它們默然呆滯如老師的話語
一種似近還遠的聲音，存在卻不能捏着
直到下課鐘聲響起
所有凝結如泡狀的東西倏地爆破

第二天又是聲音在時鐘裏面滾動的循環：

科學老師歌頌眼睛的奧妙

歷史老師描繪羅曼諾夫刺殺事件的過程

數學老師拿着三角尺説明畢氏定理的偉大

我們從此相信科學萬歲民主萬歲會考萬歲的真理

老師説話時臉上揚起皺紋

扭曲成了漩渦

（歷史書暗角，暴君十一歲的女兒，眼睛望着正義的槍口

跪着哀叫與烈士的頭顱成四十五度角

如果以畢氏定理

眼睛和民主的距離該怎樣計算？

她的頭頂有個太陽，與民主無關

但科學告訴我們，太陽大概攝氏十五億度

也許民主不算什麼生命不算什麼成績不算什麼

什麼不算什麼）

而我此刻仰視老師

眼睛與他的臉也剛好成四十五度斜角

似有巨石滾下來，情不自禁雙腿發力椅子向後一仰

老師説，不要「屹凳」

課室的規律從那麼一天開始

老師鼓勵我們自由發表意見，而

「發問前請先舉手」

當我們思考舉手與發問的邏輯關係時

便成就了人生的一課

然後我們可以衷心祝福同學在高考奪取好成績

道別後在同一個戰場全力斬殺對方

慶功宴上再恭賀別人的優越表現

這樣的劇情有沒有矛盾？

反正試卷上的答案「斷 POINT 畀分」

課室裏曾有這樣的一幕：

將「我的志願」貼在課室壁報板的願望樹上

等待成熟，等待結果

最後我們都忘了帶走

理想就這樣囚禁在一格一格的原稿紙上

留待別人將它撕下

再等待換上新的

評賞

對大部分讀過中學的人來説，詩人筆下的這個「課室」，並不陌生。我們誰沒有過這一類經驗？「打着瞌睡」排隊，大概是夜裏上網過久的後遺症；跟老師道早安的儀式退化成「嘔」吐，根本沒有誠意；課本上的文字「默然呆滯如老師的話語」，但下課鐘聲一響，「凝結如泡狀的東西倏地爆破」—— 這包括同學們的夢泡泡和口水泡，非常寫實。

作品的第三節提出一些問題。第一，我們所學的東西和我們的關係在哪裏（「我們從此相信科學萬歲民主萬歲會考萬歲的真理」）？第二，知識與知識之間的關係在哪裏（「她的頭頂有個太陽，與民主無關 / 但科學告訴我們，太陽大概攝氏十五億度 / 也許民主不算什麼生命不算什麼成績不算什麼 / 什麼不算什麼」）？第三，為何人類的認知和行為之間有這麼大的差異（「歷史書暗角，暴君十一歲的女兒，眼睛望着正義的槍口 / 跪着哀叫與烈士的頭顱成四十五度角 / 如果以畢氏定理 / 眼睛和民主的距離該怎樣計算」）？

為了尋求答案，同學們仰望老師。可是，老師的回答非常滑稽：「而我此刻仰視老師 / 眼睛與他的臉也剛好成四十五度斜角 / 似有巨石滾下來，情不自禁雙腿發力椅子向後一仰 / 老師說，不要『屹凳』」。求知的熱心給矮化成一種頑劣的動作。

由於學生怠惰，老師也不因應同學的需要施教，我們這個社會裏的教室遂成為戰場先修班。老師為了公開試而聲嘶力竭，少年人為了進大學而殺戮同伴。課室，不再是師生之間薪火相傳的場所，只是一個又一個沉悶而殘酷的戰壕。

邱浩階這個作品在 2009 年城市文學獎中得到了優異獎。這首詩能夠引發大部分大、中學同學的共鳴。作者語調幽默而不刻薄、輕鬆而不輕佻、有趣而不誇張，適當的時候會用一點點方言和英語（例如「『斷 POINT 畀分』」、「屹凳」等），語文運用使我們很容易就進入了他的經驗。然而，作者提出的問題，都是龐大而嚴重的問題。他巧妙地指出，老師是傳遞人類文化精義的生命師傅，如果缺乏理想，就會把傳道、授業、解惑的神聖工作看成「怎樣對付學生的劣行（「屹凳」）」，那麼，又怎樣能夠稱為教育工作者呢？語調和主題的反差所造成的幽默效果，是這個作品不可多得的優點。

在女兒國的實習日子

許政
傳播系

小息時，教員休息室原來也十分熱鬧。本已骨瘦如柴卻仍嚷着要「修身」的 Miss Chung 正優雅地打開用毛巾盒子充當的午餐盒，對面正在吃自備兩菜飯的 Mrs Yeung 因此顯得像個大胃王。王老師周老師林老師和袁 Sir 大概正在籌備下月的 115 周年校慶吧，帶着幾個學生來來回回地把休息室中的紙箱搬走，然後又抱着大畫紙匆匆進來放好。兩位劉老師和朱老師跨過了好幾張書桌，七嘴八舌地討論着教學進度、學生作業、「教仔心得」等，時而恍然大悟，時而開懷大笑。我疊好剛改完的作業，向鄰座的 Miss Chan 説聲「待會見」，便提早拿起課本向對面校舍的中四誠班課室進發。

操場上的女生們都束起了裙子打籃球，旁邊站着一羣小粉絲，笑得東歪西倒的，有意無意地偷看學姊，「女兒十八無醜婦」果真有理。清風猶如飄過的一首曲子，溫暖柔和的陽光抱擁着身體，女孩們從三、四樓呼喊操場上的同學，吵吵鬧鬧的……和我兩個月前首次踏進這女兒國的情景一樣美。只是我不明白為何校長竟安排我這個當實習的擔任會考班的英文老師，「壓力好大啊……」「Miss Au 看球！」「Miss Au！」我還沒聽清楚誰在呼叫，一個大如黑洞的東西已飛撲到眼前，我立即蹲下，球已踏着風的速度飛到我頭上……「砰」！

「對不起啊，我的美人，我重手了……你……還OK吧？」閉起雙眼也知道她是趙園春同學。只有她才敢為老師起花名且開口直呼，好像叫劉 Sir 做老劉，叫 Mrs. Hui 做「董太」（她的確長得像董建華太太），而最令人忍俊不禁的是稱袁 Sir 為金正日（他簡直是金正日的香港版！）使我每次看見袁 Sir 時都不禁偷笑。可有些老師也曾為自己的姓氏前多了點字，例如「更年」、「老懵」、「籮底」等而在教員休息室互相投訴，並暗地裏說這「啃完鬆」（趙園春）五十步笑一百步。陽光散落在眼前這黑黑實實、身無半兩肥肉、束着大馬尾、瞪着眼的趙園春女皇身上，我像剛參拜完那樣狼狽地站起來，說道：「沒關係沒關係。

你也抹抹汗，待會兒別濕漉漉地來上課，教室開了冷氣，會着涼。」「OK 啦，待會兒見！」說罷，一切回復原貌。

才剛響起上課鐘聲，趙園春已出現在座位上，還「招積」地向我斜着嘴揮手。可她紅得像曬了幾天、汗津津的臉，把鄰座周秀蘭同學面無血色、呆若木雞的神情毫無保留地凸顯出來。

很難理解趙園春和周秀蘭，這樣的一對：一動一靜、一快一慢，一吵鬧一寡言，兩個有着天淵之別的女生竟然被安排同坐。秀蘭給我的印象是個靜悄悄的，像鬼魂一樣飄來飄去的女孩，她說話如在做唇語，真把我難到了。是外國回流的嗎？否則怎會這麼慢條斯理？

某天我一如往常地提前到達課室，聽到趙園春正把握最後幾分鐘的小息時間問同學。「喂，你們見過周秀蘭的『諗樣』（思考時的樣子）嗎？」各方八卦立刻傾前，歡天喜地地等待答案。於是，趙園春一本正經地開始模仿：嘴像吃人魚般大開，下巴向前，眼鏡滑到皺成一團的鼻尖上，瞇起的眼睛盯着前方，目光直插黑板，眉心緊鎖，臉皮下的微絲血管盡現……

「要看她豈不是要 PG 家長指引！一於去信廣管局！」

「嘩，這『諗樣』必能成為潮語呀！」秀蘭這時剛返回課室，有人即建議她把其招牌「嚇死人諗樣」帶上會考戰場殺敵。女生們再次喧譁起鬨，笑得人仰馬翻，拍手擦淚。

這天四誠班教化學的陳 Sir 請病假了，正閒着的我給指派去代課。從地面往四樓的課室途中，聽到趙園春在說陳 Sir 長得如何像周華健，其他同學都在狂笑和應、加鹽加醋。

中四誠班是全校惟一的理科班，因此也順理成章地成了精英班，而今年趙園春的加入更使之成了「精英嘈吵班」。秀蘭置身於這羣精力旺盛、古靈精怪、腦袋轉動和口部運動速度都奇高的魔女羣中會感到不知所措嗎？秀蘭就像走上了一條返回過去的獨行路，發黃校裙下的內衣是錯體的藍色大口仔圓領上衣，隱約可見到下身的黃色及膝單車褲，襪頭因長期被拉扯而顯得過分寬鬆，黑皮鞋都被磨得脱了皮。隨意放在通道中央的書包圖案竟是轟動一時的飛天小女警，旁邊還有一個久違了的保暖飯壺。我試着走近她，伸手整理她的頭髮，她卻如含羞草般一碰即彎起腰來。

「...Au...Miss...want...ask...this...」我總為聽不清楚她的問題而煩惱，有時害怕還會嚇壞瘦小的她。總之，秀蘭就如四誠班的「靈魂」人物，靈魂般難以捉摸、來去無蹤，使我好幾次更忘記了她的缺席或存在。

同學們都為我遞上的化學科課堂練習而怨聲載道，「陳 Sir 簡直是趁自己病就要我們命啊！」「Miss Au，我們能帶回家做嗎？」「哇……這練習怎麼跟命一樣長！」只有秀蘭默默地埋頭苦幹，拿着鉛筆在紙上忘我地寫上各種化合物的代號。她的眼鏡都貼到桌上了，卻似乎無暇亦無意托起它，投入得好像對別人的竊竊私語、指指點點都毫無知覺。這是我首次見識到她的「諗樣」。我走近，隱隱聽到她在喃喃自語：「等等等等，太快了太快了！」「不能拾不能拾！會趕不上的！」我正想拍拍她的手，卻被人捷足先登。

「我不太明白這硫化物怎會這樣。」趙園春按了按秀蘭的手臂，認真誠懇地問道。秀蘭呆了，戴好眼鏡，合上嘴巴，頭僵硬地轉向發聲的鄰座。「這硫化物怎會這樣？」趙園春重複着說。我緊張得不敢活動不敢呼吸，很怕這破天荒的一刻會隨時散去。秀蘭在眼前的紙堆中緩慢地扯出一張比較白的，繪起圖來，然

教育

後勉強地擠出聲音試着解釋。「哈！化合物簡直就是壽司呀。元素是不同大小的飯團，因此有些可以配上小小的三文魚但不能搭太大的天婦羅。是不是？」趙園春雙眼發亮地問。「壽司啊……對，對。」秀蘭傻傻地和應。我也一併把化合物看成三文魚壽司，覺得這想法真好。

身為未來教育界的棟樑，我必須旁觀其他老師的教學情況，向他們學習。在「化合物是壽司」之説展開後，秀蘭似乎成了趙園春學習上的「天降福將」。而對秀蘭來説，每一課都如講話訓練班，要應付突如其來的問題、説話和笑彈。其實我也很佩服秀蘭的腦袋，只要揮揮筆或自語一番，化學方程式、物理學上計算什麼東西左拋右拋的速度的算式、老鼠內臟被放來放去的解剖圖便立刻活現紙上。「秀蘭啊，真是『唔聲唔聲嚇你一驚』呀！她理解力很強的，成績也是名列前茅。」也許秀蘭真的如其他老師所説，是個典型的理科人吧，因為她的英文程度也真差得駭人。

我開始理解為何趙園春和周秀蘭會被安排同坐。秀蘭似乎在辨認英文的動詞形容詞副詞現在式過去式現在進行式被動式上有嚴重的困難，總是亂七八糟地把字拼在一起。趙園春於是成了秀蘭的英文救星，強迫她每天讀《南華早報》，記下生字，然後造句，又執著地要她準確地發「th」、「s」、「st」、「ed」等聲音。「趙園春，秀蘭在你的調教下進步神速呢！」某天我在操場上遇見又在束起裙子，準備一展拳腳的趙園春。「她把我調教得更『勁揪』呀，我這次化學科……」趙園春話未說完，人卻已衝到操場中心搶球。

一連五天、每天七小時的密集式講話訓練班的確使秀蘭話多了，表情豐富了，甚至使得我好幾次在課堂上要勸止她和趙園春談話說笑。秀蘭不再浮游於寡言的世界，開始微笑着上課。她的招牌錯版內衣、嚇人諗樣、56K反應、無聲的腳步、土氣隨意的打扮忽然都成了她自豪的自我拆示，任人嘲諷的點子。「蘭嬸：為你乾杯，小女子甘拜下風！」「蘭嬸：你是我見過最慢的人——勁！」「蘭嬸：會考加油。將諗樣發揚光大！」「蘭嬸：有想過將自己放入博物館嗎？」看着大家在秀蘭桌上留的字、畫的圖，看着這「蘭嬸」的另類自我陶醉，每天都努力地自我發掘笑點，時而特地穿反轉了的毛衣，時而特地帶爛筆袋爛尺子，又特別誇張地擺出招牌諗樣……我只看到一個無底深淵，裏面的人正享受着爬上來又跌回去的快感。

秀蘭看來十分感激趙園春把她介紹給同學，於是竟反過來成了講話訓練班的導師，整天黏着大恩人喋喋不休地講話：「多謝你啊……我現在很高興。」「你有否覺得我變了？」「你覺得她們會喜歡我嗎？」「趙園春，我覺得你説話很厲害啊……是怎樣做到的？」秀蘭突如其來的改變成了幾位任教四誠班老師的飯後話題，説秀蘭上課時常常擠眉弄眼，騷擾同學。

再可笑的事説多了也會變質，同學們開始避開這個自我陶醉、胡胡鬧鬧的秀蘭了。那天我如常提前到達課室，聽到趙園春哭喪着臉説：「太恐怖了。我都不敢去打波啦！你不知道她有多誇張，人人都以為我變基了！」「好可憐啊……她是否太 high？瘋了？」「她整天圍着我轉，問東問西呀。」「她昨天還……」秀蘭這時剛回課室，人人都因怕被她纏上而不敢作聲，課室罕見地一片死寂。

身在這所基督教學校，《聖經》自有其大派用場之時。「秀蘭啊，我把上帝介紹給她了。神自有祂的安排，只希望她別再煩我！」趙園春搓着前額，苦惱地説。「你這是利用上帝啊！」其他同學回應。不過，我看趙園春「介紹上帝」這招數似乎成功了。秀蘭彷佛又發掘到另一片新天地，每天都像神婆般動不動便喃喃地禱告，做課堂練習前、站起來唸書前、派測驗卷前、小息時、吃飯時、老師主任社工和她說話時，她都是垂着頭，鼻貼桌子，唸唸有詞的。連寫給我的週記也滿是「God」、「Devil」、「Heaven」等詞語，尤如一本講救贖的《狂人日記》……

秀蘭沒有再來上課了。自從那天她忽然在化學課上大叫：「罪呀！罪呀！罪呀！我聽見天上父親的呼喚！」然後不斷抓着搖着注視着嚇呆了的趙園春後，她便消失了。趙園春沒有再隨便說話，總是呆頭呆腦、發呆地坐着，偶然會哭着找老師，說是她把秀蘭趕盡殺絕，把校園生活介紹給她，然後又嫌她煩嫌她土嫌她吵嫌她慢，於是將她看成貢品般獻給神……校園從此失去了一張泛紅的臉和那些令人發笑、創意無限的花名。

115周年的校慶在飛天氣球、詩歌禱告、校長致詞中開幕了。四周掛滿彩帶、貼滿學生佳作、擺滿同學們籌備多月的攤位遊戲。「一二三，芝士！」臨別在即，我拉着四誠班的同學拍照留念，儘管缺少了兩張臉。教室早已變回正常的精英班，安靜得很……

評賞

許政的文筆充滿幽默感，她筆下的女中生活似乎十分有趣，同學們的奔放、開朗和胡鬧，一幕一幕地展示在讀者面前。故事裏的每一個人物都寫得生動傳神，老師們的諢名只有年輕人才想得出來的，一律惹人發笑。最成功的是她對兩位主角的描述，簡直是精彩萬分。

趙園春的爽朗調皮，口沒遮攔和渾身活力，可謂非常鮮明。周秀蘭呢，自卑畏縮，自我形象低，慣於被拒絕，極度渴望朋輩的接納，也傳神得很。作者無論寫他們的樣子、衣着和舉止都甚有神采。言語更充滿青春氣息和創意，把少年人豐富的聯想和口不擇言的習慣呈現出來。讀這個故事，就好像走進了「四誠班」的教室，那兒的歡樂和熱鬧如在目前。在這本集子裏，許政寫校園生活寫得比誰都出色。

不過，這個故事始終是個悲劇。兩位女主角都很不幸，先後患上了嚴重的情緒病。校園是開心的，也是殘酷的：少年人幾乎把整個自我形象建基於朋輩的接納之上，周秀蘭從未想過自己能夠得到友情，但因着趙園春無心的連繫，一時到手，不免得意忘形，把大家都嚇壞了，趙園春更因無法接納她的黏纏而突然抽離。這段友誼太短促了。周秀蘭瞬間又失去了一切，精神錯亂了。趙園春也因為內疚而陷入情緒低潮，甚至不能上學。這説明了少年人感情上的脆弱，如果在交友時不曉得保持充分的客觀距離，再加上公開試的壓力，很容易會墮入精神病的深淵。十多歲到二十多歲，也正好是思覺失調最常病發的年紀，這是教育工作者必須注意的。

欣賞這個短篇，應該注意到文中的「我」只是個沒有經驗的實習老師。為何作者這樣安排？一方面因為實習老師的年紀和同學的比較接近，一方面因為「我」對這一類事情的嚴重性警覺不高。趙園春和周秀蘭的「友情」，應該有更富經驗的老師來關心。老師輔導得好的話，趙園春可以學會尊重他人，周秀蘭也能夠掌握與人交往的分寸。因此，我認為這個「我」的敍述位置設計得非常到點。

許政的文字風格是爽快惹笑的，她幾乎讓我看見趙園春的身影了；但我注意到她每次都用這種喜劇筆調來建構悲劇。我想説，這樣的故事實在令人心酸，從寫作的角度看，這是優點，但從老師的角度看，我反倒希望她能給我們寫個徹頭徹尾的喜劇呢。

四、人文關懷

意外

鍾素珍
人文學課程

「砰！」一個小盆栽從高處墮下，泥沙四濺，熱鬧嘈雜的街道因這小炸彈而靜止了半秒。

正在抽今天第一口煙的劉強，差點被擊中。

「幹！想謀殺老子嗎！」劉強瞪大雙眼咆哮起來，這一嚇使他吸入的煙霧竄進喉腔，差點沒把自己嗆死。

半秒後，他才發現僅半米之距，便足以頭上開花，不禁在心中暗呼一聲「好彩！」

嗆得臉紅耳赤的劉強氣上心頭，連手臂上的青龍都給喚醒了似的，目露凶光。他向樓上破口大罵一句髒話，抬頭仔細尋找險些置他於死地的人。

這一抬頭，卻嚇得他把手上剛燃起的煙都掉到地上。一陣冰寒的感覺像蔓藤般迅速從地面直攀遍劉強全身，他感到胸口快要被壓碎……

「快……快點救人啊！」劉強指着上方大聲疾呼，震裂裹着他的蔓藤。途人不約而同地抬頭張望，追查來源，赫見舊式唐樓的高層有個兩三歲的男童，正慢慢地爬出窗外的晾衣架，險象環生，稍有偏差即飛墮街上。

街上熙來攘往的途人被嚇得不知所措，本來流通的街道在數秒間癱瘓下來。

眾人驚惶失措之際，劉強仍勉強保持鎮定，一邊指使他人報警，一邊焦急地吼叫：「布！有沒有布？趕快找人拿來一塊大布啊！」

「不如到家具店找塊牀褥過來吧！」一個中年禿髮男子叫道。

「趕不及了！萬一他這就掉下來，怎辦？」穿白色菊花牌汗衣的大叔顫慄地說。

「找誰到樓上拍門吧！」不知誰在尖叫。

「我現在就去！」事發單位大廈五樓，一個穿白色背心的年輕人，把半個身子伸出窗外，大聲回應。

「看！文具店有一張帆布篷！」粉紅色襯衫的肥師奶大叫。

「叫文具店將帆布篷伸出來吧！」劉強率領眾人衝入事發單位樓下的文具店，七嘴八舌地要求店主。

「單位內沒有人！孩子的媽不知到哪裏去了！大

家快想想辦法吧！」那白色背心的年輕人在男童單位的鄰戶向街上呼叫。

此時事發單位大廈的住客都走到窗前張望，眼見地上途人的目光都朝上方望去。看着一顆顆圓圓的腦袋，住客們雖然不清楚發生什麼事，但略猜一二後，都紛紛收起晾衣架和衣物，關上窗子不安地看着事態發展。

「呀！危險呀！」

「不要再動了！」

「天呀！」

人羣中爆發出一連串尖叫聲，只見一隻小拖鞋從十樓掉下，「啪啦！啪啦！」途中跌跌撞撞，擦過下層多個晾衣架，最後才空降地面，像一尾死魚般靜靜地讓人圍觀。再抬頭，只見男童光着的右腳被卡在晾衣架的繩子之間，在半空中搖晃不定，雙手緊緊抓着繩索的他，開始害怕得哇哇大哭。

男童聲嘶力竭的哭鬧聲像連綿鼓聲，震懾每個目擊者的心靈，敲打着所有人的神經線。在單位下方數層的住客都紛紛伸出晾衣架，再在晾衣架上放置軟褥或被子，以減低男孩墮下時所受的傷害。

停駐的途人愈來愈多，人們議論紛紛之餘，無不驚心動魄。有些剛剛經過的人以為正在拍戲，目光銳利的一眼便看到晾衣架上卡着的小腳，更有些人什麼都不知道而問東問西。

劉強見文具店的帆布篷不能平放，難以作為救生網，情急生智下，改與小販們合作將四、五部手推車鋪上厚墊，堆放在單位下的位置，減低男童墮下時的衝力。

連串的消防車聲從遠處傳來，龐大的消防車和警車艱難地駛進狹窄的街道。雖然途人都合作地讓步，但圍觀者眾而道路淺窄，救援車輛前進的速度緩慢，叫人心急如焚，不住催促消防員儘快上樓拯救男孩。當消防員隊長和警察隊目率先下車視察過環境後，迅速確定了營救方案：警察負責控制途人及封路，十幾名消防員則兵分三路，一路把雲梯緩緩升起，一路上樓準備作高空拯救配合，一路在地面設置救生氣墊。

看着雲梯一路上升，大家的緊張情緒才剛緩和，男童卻可能因為看到雲梯而受驚嚇，身體不停扭動，突然，左腳向下一滑！

「完了！」女士們捂住了眼睛，男士們看得目瞪口呆，喉嚨啞得說不出話來。幸好男童並未完全滑下，他的上半身仍卡在晾衣架的繩索間，雙手緊握着繩索，但下半身卻已搖搖欲墜。圍觀者的心都提到了嗓子眼，有些更情急落淚，無不為這小生命着緊。

雲梯上的消防隊員嘗試努力用手勢哄着男童：正在天台設置游繩的消防隊員也加快速度，準備隨時降下救人；路面的消防隊員也加把勁為救生氣墊充氣。劉強與街坊一直忙着打聽男童家人的去向，街上的男女老幼都急成一團。

「讓路啊！讓路啊！孩子的媽要來了！」一副粗獷響亮的女聲在擠擁的街道開出路來。

只見附近賣腸粉的李大嬸拉着一個雙目紅腫無神，有着一副黑眼圈，頭髮毛躁蓬亂的中年婦人從人羣中鑽出來，「阿秋！你就不能走快點嗎？民仔都快要跌下來了！大家都等着你的門匙救命呀！」李大嬸不滿地向着那個叫阿秋的婦人咕嚕着。

人們看到阿秋漫不經心的模樣，有的竊竊私語，有的催促她快點上樓，有的大聲質問她出外原因，更有對她破口大罵的。阿秋跟着消防隊員迅速上樓，李大嬸忍不住抱怨起來：「這個阿秋真是沒心沒肺，一天到晚只懂四出打麻將，把民仔獨留家中不顧，現在終於打出禍來了……」

「我們在這兒忙了半天，她卻竟然在打麻將！豈有此理！」劉強的拳頭格格作響。

「虧我們還四出找她，這種人怎配做人母親？叫警察把她關進監獄去吧！」街坊們義憤填膺地斥責着。

此時，誰都沒有發現，男童的手開始痛了。晾衣架粗糙的繩索擦破了男童幼嫩的皮膚，街上益發嘈雜的聲音也叫他感到驚恐，隨着雲梯一截一截上升，阿秋一步一步上樓，救生氣墊一下一下漲大，男童的手也一點一點地張開……

人文關懷

評賞

只要我們夠細心，就會發現，鍾素珍用「意外」為題，一點不是偶然的。相反，那是個強烈的反諷，譴責「阿秋」這種父母。

此類「意外」，絕不會在負責任的父母身上發生。把孩子獨留在家的濫賭婦人阿秋，不是這篇文章要寫的主角，命懸一線的民仔也不是。以劉強為首的、積極救人的街坊才是。就說劉強吧。他大概沒怎麼讀書，言語粗鄙，文身，兇惡，不管別人是否受得住，到處噴煙，我們平日遇上這樣的阿叔，不會喜歡他。同樣，那個「中年禿髮男子」、「穿白色菊花牌汗衣的大叔」、「粉紅色襯衫的肥師奶」和「穿白色背心的年輕人」，平日都是不起眼的。不過，今天他們有力出力，有聲出聲，可能隸屬黑社會的劉強竟安排了人去報警，這是多麼團結、多麼合作的街坊「組織」啊！

為了什麼？為了救人。用句廣東話說：救人「大曬」。為什麼？因為無論教育程度如何，我們都懂得尊重生命，愛護幼小。原來，有些價值是絕對的，即使在標榜相對觀念的後現代社會裏，我們還是能夠從明顯的絕對價值中找到自己為人處事的方向。

本文的另一優勢是作者能夠看透人性，洞悉人心，知道即使外表最「爛撻撻」的人，也有其溫柔、憐憫、愛人的一面。我們看着路上諸位的焦急面貌，就知道世界尚有溫暖。這正是孟子「今人乍見孺子將入於井，皆有怵惕惻隱之心」的現代版本。鍾素珍要表達的，正是人的這種善良天性。當然，我們會問，那麼那個把孩子留下去賭錢的母親算什麼？作者當然也沒放過那位媽媽。不過，與其說這位母親的錯誤是本文的核心，不如說大夥兒的營救行動才是作品的光芒所在。何以見得呢？看看篇幅的分布就知道了。

九龍塘A出口

盧珮珊
中文系

四道高牆圍住了幾聲咳嗽
牆後的棘杜鵑往外爬
像一隻隻從籠裏伸出來的手
抓住了生命　卻溜走了幾分落寞
你不曾留意到
那刺眼的紅色後面
還有一塊脫了色的老人院門牌

前面是一家高檔婚紗攝影
它前身也是老人院
輪椅上的老伯伯拿着匙羹
往保暖飯瓶裏竭力地掏

貴族幼稚園的寶寶盪着笑聲而來
拾起地上最紅的一朵送給菲傭

老伯繼續往瓶裏掏他僅餘的

直至他落後於快門

鏡頭後是十幾萬一件的低胸婚紗

牆後的棘杜鵑繼續往外爬

到某一個長度便被砍去了頭

評賞

盧珮珊這首詩所寫的，是乘地鐵到浸會大學上課的學生都能夠「看見」的。十幾萬元的婚紗，照顧的是誰？是年輕且富有的女子。婚紗店的前身是安老院舍。作者為我們喚回那寂寞的老人的臉。他使勁掏挖保暖飯瓶裏的溫度，好像人生只剩下吃飯以維持不死的一個好節目。兩者對照，滄桑盡見，作者指出這位曾經貢獻社會的長者，如今不再是眾目的焦點；只有青春和財富，才能使人駐足。

得到百般呵護的「貴族幼稚園的寶寶」，還未懂得愛富嫌貧，仍會撿起花朵送給菲傭姐姐，一派天真。可是，細心的讀者會發現，他的母親並沒有親自送他上學下課。老人被託管，孩子也被託管，年輕人的感情，也給託管到物質（昂貴婚紗）的臂彎裏。人與人之間的親密情感在哪裏？詩歌少於二十行，但觸及三代人的寂寞。棘杜鵑美不勝收，我們這個城市也璀璨絢麗，但插在每個人心頭的刺卻也多不勝數。我讀了這首詩很多次，每次都陷入深思。

盧珮珊在上一屆（2008-2009）大學文學獎中一併獲得

小說和散文的三甲獎項，寫作水平得到充分肯定。她寫的都是周圍的人和事，例如在快餐店裏呆坐打發時間的老婦人，和分租老家單位的住客，當中還包括一個罪犯。她的眼睛，總落在寂寞的人身上，這就是關懷。但關懷要加上同理心，才能成就佳作。

英諺說，「把自己的腳放進他人的鞋子裏」，意思是站在對方的立場上看世界；就寫作來說，盧珮珊用作品告訴我們，這也是惟一的具體做法——否則，我們的同情憐憫，很容易會變成高高在上的自義式施捨，或故作傷感的陳腔濫調，無論怎樣都寫不出平靜自然但叫人深刻感動的作品來。

冬菇頭

伍潔盈
傳播系

「看到那個穿粉藍色裙子的女孩嗎？就是她了。」媽媽雀躍地拉着我冰冷的小手説。

我很害怕，這個陌生的地方像棄置的遊樂場。褪色的紅色滑梯、藍色天橋、車輪紮成的鞦韆外，四周只有一棟棟灰色的矮樓房。中間有一棵大榕樹，長長的氣根隨意地垂下來，像個彎腰喘息的老公公。陽光斜照下來，把榕樹的影子拉長了，投射在褪色的遊樂設施上，為這個殘舊的遊樂場加添了陰沉的氣氛。

後來，我才知道那裏正是小孩子聞風喪膽的地方：孤兒院。

那時我只懂怯怯地躲在媽媽的厚大衣背後，從她的手臂與腰間的隙縫，看她所指的方向。

在灰色的石級上，最高的那一級，坐着那個「她」。她的眼神冷冰冰的，似是看着遠處的山坡，又似是看着操場上在嬉鬧的孩子們。一雙手撐在石級上，神情自若得彷彿早已看透世事。

我不喜歡她。

因為她沒有女孩子應有的長頭髮，她有的是那種很幼稚的「冬菇頭」；她穿着一條粉藍色的碎花裙子，但腳上踩着一雙「白飯魚」，一點都不配襯；她的嘴角一直向下彎，一點都不可愛。

看着她這個模樣，我拉拉身上粉紅色的花裙子，又踢踢腳上的皮靴，心情放鬆下來，因為我知道媽媽不會喜歡她。媽媽喜歡漂亮的小孩。

「伍太太，你真有心！每個星期都來看倩兒！」架着幼框金絲眼鏡，穿着白色衣裙的女人急步向我們走來，滿臉笑容地拉着媽媽的手。我聽不清楚她們在説什麼，只見她拉着我們向冬菇頭的方向走去，而冬菇頭又被另一個穿白色裙子的姑娘拉着走向我們。

「來！倩兒，看誰來看你了？快跟伍太太問好！」

冬菇頭的臉仍是冷冷的，她微微地向媽媽點了點頭，嘴角掀起淡淡的微笑，但眼神仍是沒焦點的。媽媽一臉溫柔地輕撫冬菇頭，又問她看了上次給她帶的故事書沒有，衣服夠不夠暖。金絲太太很努力想冬菇頭説一兩句話，但她的嘴巴仍然緊閉着，只懂點點她的冬菇頭。

真討厭，我想。

「哈哈！真是個害羞的孩子！這是伍太太的女兒，你們可以一起去玩啊！小孩子在一起就最快樂了！」金絲太太突然把聲線拉高八度，雀躍地把我和冬菇頭的手拉在一起，輕輕把我們推向那個被遺棄的遊樂場。

「伍太太，我們孤兒院將有個籌款晚宴，不知你有沒有興趣⋯⋯」

冬菇頭很快鬆開了我的手，逕自走到大榕樹下坐下來。我有點生氣，就算多不喜歡一個人，也要保持最基本的禮貌吧。為了表示我是個有教養的女孩，我厚着臉坐在她身旁，試着跟她打開話匣子，即使腦袋裏在介懷新買的粉紅色花裙子要被泥濘弄髒。我試着跟她說平日我跟同學最愛討論的話題：漫畫書裏有趣的情節、迪士尼快將上映的新卡通、小魔女新出的變身器套裝⋯⋯她依舊一聲不響，專注地盯着她右腳「白飯魚」上的一點泥土漬。就在我快要放棄傻瓜般的自言自語時，她突然看着我的眼睛，認真地問：「你喜歡你的爸爸媽媽嗎？」我從來沒有想過這問題，一時間語塞了。她看着我尷尬的神情，淡淡地問：「你閉上眼睛時，能記起你爸爸媽媽的模樣嗎？」

自那次以後，媽媽每次去看冬菇頭都會把我帶上。每次去之前我都很仔細地想一遍她那兩個問題，可惜每次我都想不到答案。

見面的時候她都不大理睬我和媽媽，只有在姑娘勉強拉她出來的時候，她才會跟我們面對面坐着。我們知道她的事也不多，只知道她媽媽入獄而她被送進孤兒院。一次她問我什麼是「雌雄大盜」，說孤兒院裏的小孩子為她爸媽起了這個名號；又說聽到姑娘說她媽媽是個「道友」，問我道友是不是好人。我根本不明白那些稱呼的意思，只好繼續自言自語，像等待她有一天能搭得上話。

一次，媽媽在休息室門外跟金絲太太聊天時，我站在旁邊發呆，冬菇頭則在電視面前發呆。這時電視機響起我最喜愛的卡通片的主題曲，我馬上回過神來，我最愛的卡通片快要開始了！但休息室裏的小孩子都很陌生，三五成羣的，我不敢進去看電視。我焦急地望向冬菇頭，她微微笑了，輕輕拍了拍身旁的椅子。這次，我知道我不再是在自言自語了。

自從弟弟出生以後，媽媽去看冬菇頭的次數由每星期一次，減少至兩星期一次、一個月一次、半年一次……到我中三的時候，我們已沒有去看冬菇頭了。冬菇頭似乎已在媽媽的腦海中消失，偶爾一次提起，就是冬菇頭的媽媽終於出獄，接她回家了。高中的時候，我們學校就在孤兒院的對面。雖然知道冬菇頭不再住在裏面了，但每天經過孤兒院門外，我都會看看那棵大榕樹，想起我跟這個不知算不算是好朋友的女孩一起的時光，那段自說自話的日子。腦海裏冬菇頭的模樣早就變得模糊，想不到喚起我記憶的，竟是那薄薄的新聞紙。

那冷冷的眼神透過油墨凝視着我。黑白的照片使她看起來更抽離，樣貌是有點變了，也不再留着冬菇頭，但那眼神告訴我，不會錯，相中的女孩就是冬菇頭。鮮紅色的字體：「虐打」、「摑」、「踢」，這幾個外星文在我腦海裏飄浮，想了好幾遍我才敢確定，我並沒有誤解它們的意思。我把新聞紙給媽媽看，媽媽仔細地看了整篇報道，問我記不記得冬菇頭的全名，又說冬菇頭好像不是這個模樣的。我看着媽媽疑惑的樣子，又想起她從前親切地撫着冬菇頭的模樣，眼淚禁不住湧出來了。

後來冬菇頭的事成為媽媽跟親戚間閒聊的話題。大家都是一臉惋惜的，說冬菇頭很可憐，我每次聽見都不作聲。我一直很想知道媽媽為何會助養冬菇頭，可惜媽媽從來不回答。後來從姨姨的口中得知，原來媽媽那時候很想生個男孩子，聽說在孤兒院收養小孩子，可以增加生男孩子的機會，才迷信地助養冬菇頭。這時我又想起冬菇頭給我的兩條難題了。

評賞

這篇文章裏的「我」，是個小女孩，也就是「媽媽」這一位「助養者」的親生女兒。由她來看受助的「冬菇頭」，是個很別致的設計。「我」會妒忌害怕，怕媽媽的愛分了給她。直到她看見「冬菇頭」髮型難看、衣衫襤褸，「我」才不再恐懼。這說明了什麼呢？孩子的價值觀，都是父母所確立的。媽媽只喜歡好看的女孩。如今她跑來助養「冬菇頭」，大概有點原因了。作者很早就向我們暗示：她媽媽所作的，並不純粹是善行。「我」的自言自語為何不能打動「冬菇頭」？因為這一切中產小孩的經驗，「冬菇頭」都沒有。她惟一的盼望是能夠回到自己的家。但是，她也不敢肯定家是怎樣的。她甚至忘記了自己父母的樣子，更不敢確定自己喜歡他們。但是，當她向「我」提出這兩道問題，「我」的反應就完全不同了——「我」覺得奇怪：哪有孩子不記得父母的樣子的？孩子怎會不喜歡父母？

很不幸，這兩道問題竟然成為文章的終極問題。伍潔盈的筆非常鋒利。一開始，我以為她要寫的是兩個女孩不同的社經地位，寫她們的爭競和嫉妒，但讀着讀着，我發現她已經把「我」（敍述者）和我（讀者）從被污染的價值中找回來，回到孩子純真而相愛的世界。

可是，當「我」和「冬菇頭」才開始親近，母親就把她們分開了，因為她的心願得以滿足。我們「赫然」發現母親的近視和冷漠，「冬菇頭」所提出的兩道問題於是重新回到畫面上，成為「我」成長過程裏的疤痕。這是常用的寫作方法之一。在作品的前、中部，我們提出一些思考點。根據該部分的語境，我們會以為那是情節的一部分。到後來才發現這些思考點原來是另有所指的。作為讀者，幡然警悟，心頭自然別有一番滋味，作品也就成為更強的信息了。

示範單位

張綺慧
傳播系

今天將會參觀一所標準香港示範單位。

棕啡色的大書櫃，古典味撲鼻而來。
金庸和沙士比亞像嬰兒般酣睡，
肌膚雪一般白，一條皺紋都沒有。
玉女劍法已失傳，
羅密歐與茱麗葉已隱姓埋名。

白色的大梳化，耀目得有點刺眼。
梳化的一角，柏芝、霆鋒並肩而坐，
另一角，瘦身顧問在解說減肥的好處。
茶几患了報紙敏感症，
四腳踏住了曾特首、布殊、金正日和安倍。

白色的大飯桌，

九碟酒店的名菜，

一張椅子、一隻碗、一雙筷子、一隻杯和

一部手提電腦。

金鑲銀炒飯、清蒸石斑、椰汁官燕，

只顧互相抬舉，不肯走進碗裏。

白色的雙人大牀，

如山般的文件是它的主人，

文件的主人已淹沒在山腳下，

沒有氣息，沒有靈魂。

胸口有陣痛，

走到窗前打算吸一口新鮮空氣，

推窗而望，不到五米，

另一個標準示範單位又向我進攻。

評賞

「示範單位」是香港地產界術語，顧名思義，那是指一個住房單位，裏面擺設妥當，起示範指引作用。「示範」本是褒詞，這首詩裏卻反用其義，暗諷香港人典型的「家」荒涼淺陋。問題在哪裏？既然有問題，為何仍可以作示範單位？

首先，這個單位裏有書卻沒有人讀，書籍「肌膚雪一般白，一條皺紋都沒有」，連翻都沒翻過，說明主人沒有真正的涵養。其次是簇新的沙發上的刊物，全都是港人所說的「八卦雜誌」，裏面不是充滿減肥廣告，就是大揭娛樂圈人隱私的「創作」。報道真正國際新聞（就是關於「曾特首、布殊、金正日和安倍」）的報紙，卻沒有人看，房主只用它們來墊平茶几的長短腳！主人有的是錢，但很寂寞，他一個人吃飯，只有電腦和工作陪伴他。即使到了該睡覺的時候，文件還是堆積如山。可是，孤獨並沒有減少城市的擁擠，這些單位給牢牢地安插在別的單位裏，一個挨着一個的，沒有思考空間，只有同樣的豪華、同樣的忙碌、悽清和膚淺。

作者聰明地用上了「示範」一詞，要說的是香港人千篇一律的生活、思考方式和價值觀，表示這樣的情況很普遍，看見一個，就等於看見很多人。寫作手法見出一組鏡頭的換轉：先是客廳，繼而是飯廳，接着是睡房，最後是窗外的景觀，正是一般地產經紀帶客人去看住房的必然程序。作者利用了房子的特點，一步一步地揭示這個房子主人的生命。客廳給人看見的是他的外表，俗氣抵消了表面的品味；飯廳呈現的是他的資財，物質豐富但心靈孤單；睡房表達的是他生活的乏味勞苦，他連睡覺的時間都沒有。窗子象徵他的視野，他看不到自己未來，只看到身邊的人日子同樣困迫，於是理性化了這種可憐可悲的生活，繼續如此。作者觀察深入，極具心思，值得稱讚。

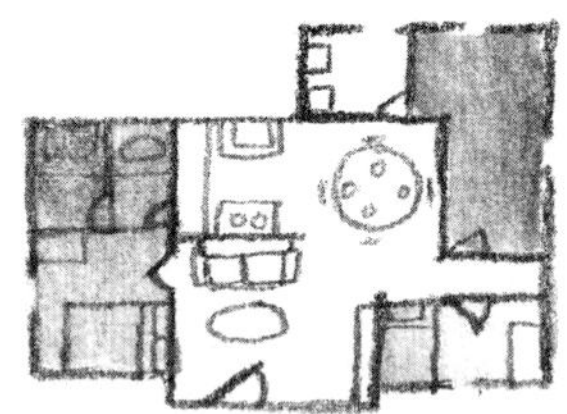

日誌

曾慶彪
中文系

窗外的陽光烘暖了被窩，他揉揉眼睛，轉過身，仍沒有起牀的意思。被窩藏着前天穿過的汗衣和一隻襪子，在陽光照射下如同起伏的山脈，偶爾一陣騷動，未幾又歸於平靜。房間內只有電腦低沉的呼嚕聲，像佛堂僧侶喃喃地訴説什麼。直到無法躲開光線，他才趿拉着拖鞋走出房間，差點被牛仔褲絆倒。他想：「不知是哪天穿過的，但要清洗。」就拾起來掉進洗衣機，再去梳洗。拖鞋繼續磨擦地面，為這個家增添了些聲音。

「怎麼搞的，每天看的都是這些而已？」他低沉地咆哮，把電視搖控器重複戳了幾遍，電視播放的不是肥皂劇便是新聞，沒引起他的興趣，便隨手把遙控器摔掉。他望着電視機上方的全家照，照片上的玻璃有一條裂紋，由右下角一直伸延至他兩父子和一個女人中間，他望着那個女人，怔怔的出了神，想記起些什麼，但她只在腦海浮動一瞬間，便如剛才新聞片中的那條鯨魚般沉到深海。於是他返回房間。

「潘安，為什麼今天這麼早便上線呢？」線上「悟空」問他。「嘿，走堂嘛，反正什麼『劣幣驅逐良幣』理論，老早便會了！」「嘩，果然是博士研究生，我經濟科是不及格的呢！」他會心微笑。他玩了這線上遊戲三年，認識了不少玩家，每逢上線定必會熱烈交談，這個「悟空」更是他遊戲中的「好朋友」。「潘安，你什麼時候可以指導我功課？我怕今年會考又不及格……」「什麼時候都可以！不過我要準備月底的研討會，遲些再說吧！」說罷，他急急下線。感到有些餓，於是走到爸爸的房間，在案頭拿了些零用錢，再返回房中，找來一頂鴨舌帽，便出門買外賣。

過去，他喜歡光顧街市裏的燒臘店，「肥叉油雞飯」曾是他的最愛，但有一次老闆隨意問他「小兄弟，不用上學，放假嗎？」並拿起油雞脾，準備加到他的飯盒裏，但他一聲不響，掉頭便走，再不光顧這家店子，因為他認定他們在嘲笑他。取而代之的是連鎖式快餐店，那兒不僅服務和食物質素較好，也因為它們有完善的投訴機制。「燒味雙併，凍檸茶，少冰少甜，外帶的。」他對着服務員説，「盛惠二十八元。」對方回答時，臉上勾起一個微笑。他輕輕壓下鴨舌帽，接過飯盒便走。經過報攤時駐足看了看，才知道今天是星期六，他把目光移到雜誌封面，在封面女星的敏感部位略為停留，然後對旁邊的男星露出欣羨的目光，臨行，目光不忘回到女星身上。

回家的路鋪上淡藍色地磚，這段路他熟悉透了，自從中五畢業後差不多每天都走一遍，不知不覺走了三年。他右手勾着飯盒，飛快回家。他沒聽到遊樂場內孩子的笑聲，也沒注意母親們在低聲討論，但注意到了保安員的敵視眼神。「開門！」他對着大廈的保安員叫道，保安員按鍵讓他進來，他直衝升降機大堂，沒説一聲謝謝。他在大堂等着，和保安員交換了一個眼神後，把鴨舌帽壓得更低，低頭望着腳趾，又用腳掌和磁磚比大小，再用拖鞋擋住螞蟻的去路，為何升降機慢得這麼惹人厭？

在家門口，他看見鄰居打開了木門乘涼，對方朝他微笑，似乎想説些什麼，但還未開口，他就用力關上大門，把一切可能留在門外。回到房間，他慢慢舒一口氣，放下鴨舌帽，品嚐他的外賣，並瀏覽互聯網新聞。「嗯……原來這個牌子今天發售限量版環保袋，有千多人排隊。」他目光一轉，心想：「嘿，有題材了……」

「今天排隊買環保袋，我早上六時多便到了中環呢！真辛苦，不過為了送給媽媽做生日禮物，沒辦法！排了兩個小時，終於買到了，質量不錯……」寫到這裏，他立即搜尋資料，「是尼龍混棉花！」於是繼續寫「這個袋子所用的物料是尼龍混棉花，既輕身又耐用，怪不得大家會通宵排隊！幸好我較早到，不然真的會買不到！」他心想，還差一點點火花，「當我拿着袋子走出來的時候，有不少人問我肯不肯賣給他們，我當然拒絕！不過漂亮的女孩子除外，我還問她拿了電話號碼呢！哈哈！」他把這段日記看了三遍，滿意地點頭，便放到網上日誌。

他的晚飯一直都是由爸爸下班後買回來，明天是星期日，爸爸不用上班，所以今天的外賣也較豐富，算是生活中惟一的安慰。飯後，爸爸喝着啤酒，撫摸電視機上方全家照的裂痕，看着那曾經是他妻子的人，後悔那一拳打得太重，歎一聲氣，任由兒子返回房間。

而他，則在房間中，尋找股票評論，作為下周的網上日誌。之後欣賞着各方好友在他網上日記的留言，一句句的讚美，使他得到生活中一點點的安慰，找到一點點位置，也發出一點點笑聲，和飯廳中的歎氣聲此起彼落。

評賞

從早到晚，除了互聯網上的所謂「好朋友」，這篇「日誌」的主人和任何人都沒有真正的溝通，連燒臘店的老闆一句簡單的問候，都成了他逃避現實的藉口。相對於真人的話語，他寧可選擇連鎖店的機械信息，他完全沒有真正的生活或感情，舉凡鄰居、路上遇到的人、保安員……他都覺得厭煩。他的名字是假的，他不叫潘安（潘安的俊俏只是他的妄想），朋友也是假的，對方也不叫悟空；身分是假的，從「自從中五畢業後差不多每天都走一遍，不知不覺已走了三年」我們知道他會考失敗，無學可升，也沒有工作，卻裝作博士生；他的日記是假的，因為他根本沒有好好過日子、沒有買名牌禮物的（經濟）能力和對象（媽媽），一切都只是網上虛擬世界裏無人願意拆穿的謊話。

真相是他連自己都不會照顧，髒衣服不洗，晚飯由父親帶回來。對於真實世界，他幾乎不再存在，世界沒有他也不會有任何變化；同樣，他惟一的滿足感來自網上的所謂「交流」，只有在虛幻的世界裏，他才得到現實生活中永遠不屬於他的讚美。但是，從另一個角度看，他是有能力的。他懂得找資料，懂得書寫，其實可以切切實實地繼續學業；但是，他缺乏面對現實的勇氣，以致成為社會的寄生蟲。

這些「隱蔽一族」為數不少，是目下這個電訊社會的一大問題。但我們更應該嘗試從人文角度理解這種現象——這是無數個人、家庭悲劇的惡果。父親的暴力使母親離家出走，孩子變成失敗者，自暴自棄、成了躲藏於虛擬世界的人。他連自己的絕望和憤怒都無法意識，因為靈魂已經失去回歸真實的能力。

作者筆法細密，觀察入微，從這個青年人白天睡醒的一刻開始，「亦步亦趨」地記錄他的「生活痕跡」，不斷呈現他和世界的「隔絕」：他和自己的衣服隔絕，和自己的前途隔絕，和周圍的人隔絕，和真相隔絕，和記憶隔絕，和父親隔絕。但是，作者也很自覺地加插了他和網友的「連繫」，他上網找資料，他和網友説話，他在網上創作自己的生活光影，他連繫了許多同樣戴着面具的「他」或「她」，他們相濡以沫，流連在電子屏幕上，任由年華老去。作者看似毫無感情的客觀筆調，比什麼都叫人歎息。讀曾慶彪這個短篇，我們不能不反省：自己真的好好活着嗎？是時候從電腦前面的魔術椅子站起來了——而這，需要極大的意志。

車過黃昏

林欣娜
中文系

又一個站

乘客被甩出冬眠

車窗內

呼吸無關黃昏

黃昏的呼吸

快燃着的野草知道

跨坐在牆上的地盤工知道

水泥一層層鋪上

每鋪上一層，他就看一看

卡在樓縫裏的夕陽

誰也沒注意到

陷於擋土坡的高山樹

盯着根鬚上凝固的水泥漿

正暗暗用勁

評賞

有時我們會迷迷糊糊地活在睡夢中，偶爾略略醒轉，看見一切沒怎麼變動，又會繼續閉上眼睛過日子，英語 life goes on 之謂。就像林欣娜詩裏的乘客一樣。

車子拐彎，把乘客甩醒，大家發現快日落了，但空調的車廂裏，人和大自然隔絕，「呼吸無關黃昏」，事不關己，所有人繼續冬眠。「冬眠」是一種強烈的怠惰，叫人完全失去知覺。但是，外面的世界正充滿掙扎和無奈。城市正以極其急促的節奏吞吃周圍的生物。野草知道時候不多了，建築工人當然也明白自己殺死的花草樹木有多少。夕陽「卡在樓縫裏」，本來屬於「高山」的大樹也給「凝固的水泥漿」封住。然而，大自然最基本的力量正是求生。雖然落入人類城市建設的困境中，樹木的根部仍不忘在惡劣的環境中汲取營養，維持生命。

驟眼看，作者的環保意識造就了作品的主題。可是，我們可以嘗試再進一步，思考弱勢社羣不屈不撓、逆境自強的力量。作者雖然一點不說教，但作品柔和地鼓勵我們的心志。在看來必敗的對賽中，我們仍可靠賴自己的根，抓緊惟一的泥土，探索深深的地下水，以此滋養樹冠的嫩葉，以此爭取「樓縫裏」的陽光。我們要做的，是在「誰也沒注意到」的時刻，「暗暗用勁」。

林欣娜的作品，總是敏細含蓄的，其自然、親和、優雅和耐讀的程度，甚至超越一些成名的詩人的創作。最末一行「正暗暗用勁」，像突然點亮的燈，把整首詩的含義忽然解開了。作者為何提到車廂內的呼吸？為何提到水泥、地盤工、擋土坡和樓縫？都明白了。這種在末句點題的寫法，能給讀者有恍然大悟的閱讀驚喜。另一方面，我們還注意到，林欣娜的觀察力能夠穿透事物的外表。看見草、看見樹和樓房土坡不難，從看見到「感受」所見事物的內部力量，卻不容易。她竟然也「看見」樹木根部的動態，「感受」到它們主動地、努力地求生，真是非常厲害。如果我們都有這樣的「穿透力」，就不難成為優秀的藝術家了。

百子櫃

楊曉甯
人力資源管理系

泛黃薄紙上的古老咒語
連綿　帶一絲蒼勁
筆尖沙沙
奏鳴　闕回春之歌

百子櫃前玻璃檯後
管藥的人拉開一格又一格厚重的抽屜
南抓一把歷史　北抓一把希望
三碗水武火煎一小時收文火熬成一碗別忘了翻煎
濃稠苦汁一度帶回的笑容
現在即沖即有

鐵杵不停狠擊　叮叮聲搗碎了山梔子蒼耳子
大夫說　舂細的藥效果更好　就像
門前那片地　日夜的打樁聲興建了防風的高樓

太多的遠志　不是骨碎補能修復的回憶

大夫我頭痛　還有

請問這封信說些什麼呀

你這是風邪外感

這信上說呀　政府要收地啦

柴胡葛根在沸騰　歲月隨幽香走遠

在那要消失的當兒　成了一顆止痛丸

輕捧藍白瓷碗

吞一口溫熱苦澀

打嗝　回甘

碗中又再沉澱

放下碗　拿起藥包

轉身步出百子櫃的陰影

鐵閘下墜　觸碰地膚子

燈芯草的微弱光線　照不清未來

評賞

大家都知道藥店的百子櫃放着不同的藥材，也可以説，百子櫃盛載着中國幾千年的「醫學歷史」。它帶給無數病人康復的「希望」。但那種厚重深沉的感覺，一旦現代化，就消失得無影無蹤了。

「即沖即有」，是現代社會的特徵，「三碗水武火煎一小時收文火熬成一碗別忘了翻煎」的心意和等待已成過去。「這信上説呀　政府要收地啦」指出今日的一切都以「經濟效益」為前提，從前椿藥的聲音，如今被「日夜的打樁聲」取代，曾經叫許多人康復「一度帶回笑容」的藥店也在這重建的大洪流中逐一結業了。「燈芯草的微弱光線　照不清未來」正是老去的一代（例如藥店的主人，例如老去的醫師）的滄桑心情。這個作品以無限的惋惜描述城市發展過程的殘酷。一度非常重要的老店、老人、老事物都在清拆、重建的浪潮裏慢慢被邊沿化，大部分成為犧牲品。最近，香港得獎電影《歲月神偷》揚威世界，全城同慶，永利街一帶才得以保存。這雖然是好事，卻同時反映了好事之難得。

楊曉甯的彩筆靈巧機智，她把一般人熟悉的藥材放進詩中，利用它們名字的字面義，構成詩句。由於中文詞語的成分，全是獨立的方塊字，而不是沒有意思的字母，每一個都有自己的含義，加起來更可以組合成另一詞，因此，它們順利地插入句子裏，產生了新的意義。例如用上「山梔子」和「蒼耳子」寫成「叮叮聲搗碎了山梔子蒼耳子」，表達「蒼山碎矣」的歎息；「防風的高樓」中的「防風」是中藥，但誰都能明白那是在寫城市裏的屏風樓。其他如「遠志」、「骨碎補」、「柴胡」、「葛根」、「地膚子」、「燈芯草」等，都是常用藥材的名稱。只要看明白作者的心思，無不驚訝這位大學生常識的豐富和對歷史文物存廢的關懷。

只有重視歷史，我們的文化才得以保存和發展——這正是年輕一代應該深刻體會的。最近，很多年輕人都在這方面有了充分的覺醒，楊曉甯這個作品，正是一例。

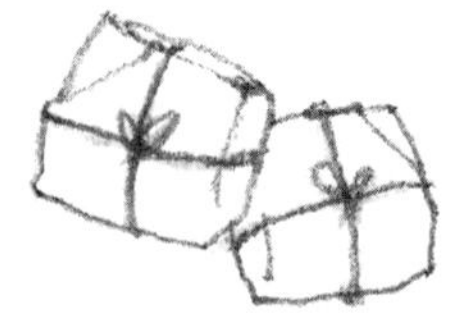

咿咿呀呀的小男孩

李家儀
中文系

那是一個距離香港不太遠的地方，氣候、經濟、社會卻好像相差了一個世紀。我第一次踏進柬埔寨，只覺得這地方很討厭，時而晴天，忽而驟雨，一下就好幾個小時，日間沒有一處天色不黑，但因為要省電，白天裏室內總少亮起燈泡。

第一次見你的時候，你沒有咳嗽。

一大簇外國人走來這所叫「彩虹橋」的愛滋病孤兒院。孩子們對於這羣不黯柬埔寨文的人沒感到太陌生，大概他們早就習慣讓素未謀面的人當作熟悉的朋友來擁抱。這裏的小孩子很喜歡笑，一笑就能打動人的心坎，讓人生出憐愛。這些一出生就得了愛滋病的小孩子都張開雙手，要哥哥姐姐抱，誰會拒絕這些圓滾滾的笑臉和眼睛？小小的身軀上，塗上好幾片結了痂的藍藥水地圖，還有赤裸裸沾滿泥濘的小腳。每個人都張開了手臂抱起孩子，我卻偏偏沒有伸出手接過任何一個，只隨意將手閒置在背後。一團孩子卻漏了一個，這個孩子叫桑林。

桑林比較瘦，四肢幼幼長長的，皮膚比一般柬國人更黑一些。可能臉頰比較瘦削，看起來不比其他小孩子可愛。當所有孩子都尋找到自己的哥哥姐姐時，惟他靜靜地坐在門前階梯的一角，低頭掂量着地上的泥沙。天空本來是晴藍的，還浮着幾朵讓人舒泰的薄雲，太陽曬得人人的額頭汗水淋漓。一陣烏雲吹過，天就灰了，還下起大雨，匆忙間我伸出右手拉着這個小孩跑回室內。

小孩子沒我意料中的一樣安靜。往後幾天，他總在孤兒院門口迎接我。他伸出讓人無法拒絕的雙手，第一次我無法意料他想我做什麼，大概也想抱抱吧。這裏的孩子都渴望被擁抱和舉起，看看比自己高度更高的地方。我用瘦如柴枝的雙手抱起桑林，他就用雙膝使勁地緊緊夾着我的盤骨，那緊束的一刻，叫人不禁喊一聲痛。這成為每天他跟我打招呼的方式。然後，他總就這樣夾着我的盤骨，隨我回屋子裏去。

他總是咿咿呀呀，沒有人能明白他的語言。我說着我的英文，他繼續他的咿咿呀呀。我嘗試通過翻譯，問桑林：「你今年幾歲呀？」他像裝作沒有聽見，繼續撒野。

一次見到桑林自己躲在房間的一角，噙着淚水不斷打自己的腦瓜。我問他發生什麼事，是不是有其他小孩子欺負他，他的回答是一行行的淚。我伸出雙手示意想抱起他，他才綻放笑容，又興奮地整個彈起來，雙腿緊緊地夾着我的盤骨，彷彿忘記了剛才還噙着淚水。

桑林畢竟是個男孩了，他也喜歡飆車的速度感。他最喜歡坐在輪椅上，要我推着輪椅在石屎地花園裏迅速滑翔。我怕他從車上摔下流血就煩了，總是用雙手按捺着車子，避免撞向灰牆。然而，人的雙手能控制世間上多少事物來臨的速度呢？

有時候，我在想，為什麼孤兒院裏其他的孩子也可以正常上學去，而他連孤兒院學堂的椅子都沒法佔一張。不過他還是喜歡認字，在白紙上不斷塗畫練習圖書裏的英文生字。

每天晚飯後，院裏的小孩子都到藥房整齊地排隊，在互相打架耍玩間等待姑娘呼喊名字，輪流服藥。桑林永遠不排隊，待所有小孩子都吃過藥了，他就自動走近姑娘，伸出右手，仰起頭顱張開小口。望着針筒的刺針漸漸縮短的時候，我的呼吸隨之倒抽剪斷，但桑林仍然笑着咿咿呀呀。針筒對於他，不過是用手臂吃藥的一種方式罷了。

這個孩子，我只聽過他笑和哭，總沒聽過他說一句話。直至要離開柬埔寨那天，我們回到孤兒院道別，他仍舊是老樣子地咿咿呀呀，張開雙手要抱抱。我告訴他我要走了，一副要哭的樣子，他還是笑着咿咿呀呀，只是我覺得，這次他大腿夾着我盤骨的力度更加猛。

我跟他手口並用地說再見，他只像平常送我離開的樣子，拉着我的手笑着送別。在他放開手的一刻，我只聽到他一聲咳嗽。

我始終沒聽過桑林說一句話。後來才知道，他天生就是聾啞的。

評賞

香港常被說成只會重視「中環價值」（金錢，成就）的城市。這是膚淺的看法。實情是真正視野開闊、關心世界的人沒有刻意表述自己的經驗而已。一次，一位青年人在中國西北部遇上車禍去世，大家才知道他是常常到不同的地方做義工的有心人。玉樹地震中捨身救人的阿福，是另一例子。

這樣的有心人，其實不少。因此，作為真實的紀錄，這篇名為〈咿咿呀呀的小男孩〉的散文，更見難能可貴。作者以短短的篇幅，把自己從畏縮到勇敢去愛的過程真誠且細膩地記錄下來，讓讀者身歷其境地「走進」了柬埔寨的無常天氣、黑暗、貧窮和孤兒院的孩子羣中。她的心路歷程同時清楚地顯露出來，毫不掩飾地讓我們明白愛需要「意志」多於「感受」。她起初不敢接觸這些有愛滋病的孩子，「每個人都張開手臂抱起一個孩子，我卻偏偏沒有伸出雙手接過任何一個，只隨意地將雙手閒置在背後。」然後，一場大雨，讓她衝動地拉住孩子的手走進室內。一息間，隔閡破除，她和那個被漏掉的孩子建立了親人一樣的關係。接下來的幾天，她深入他的內心。她擁抱他。她估計男孩子享受速度，就主動和他玩輪椅遊戲。他傷心的時候，她陪伴他。最後她告別，才發現他是聾啞的。他「咿咿呀呀」的原因這才真相大白，更突出了「無言」卻能「溝通」的愛的能力。

作品文字淺白易懂，毫無裝飾，卻非常耐讀，因為作者記錄的是愛的歷程。這對我們來説，無疑是巨大的啟發。作品要寫得好，手法重要，但只有文學的內質才是不可或缺的。真實的經歷，深刻的領會和發自人性內層的同理心才是作品的焦點。但我們如何取得這一類經驗呢？如果沒有時間、沒有經濟能力到外國去，我們仍可以經歷到這種令人迅速成長的事情嗎？當然可以，香港有很多做義工的機會。即使日常生活裏，愛人的機會並不缺乏，例如上學途中，我們只須用點心，就會看見無數有需要的人。地鐵裏自言自語的中年男人，車站上焦急地講電話的老太太，跛腳的乞丐，尋找方向的盲人……還有家裏寂寞地等着我們回去的老爺爺老奶奶，都是我們關懷的對象。我們可以請他們吃東西，可以和他們説話，可以扶持他們，可以單純地為他們禱告，可以早點回家，給他們驚喜。能夠這樣，到處都是經歷，每個地方都有寫作題材。這一點，我深信不疑。

颱風過後

杜遜寧
中文系

颱風過後
曬乾的鹹魚在積水上漂浮
他蹲在膠椅上　往下一看
如今大澳成了真正的水鄉

棚屋與博物館早已人去樓空
匆匆趕來的新聞記者穿上水靴踏過腐木撥開水缸
一步一步向他走來
「阿伯你蝕了幾多錢？」
見他不理，又忿忿地交頭接耳：
「仍要上班　這個颱風真沒用
我還巴望着睡晚一點」
「天文台沒良心呀
晚一會除下風球　對大家都好
這麼惡劣的天還要上街　太危險了」

「不就是嘛
什麼時候才懸掛八號風球
該説清楚　好讓我們知道
預訂戲票　買哪一場才好」

他的耳朵麻了　雙腳也
麻痹起來
趕不及抓住被豪雨捲走的存摺家當
消防員在哪兒？
是在海邊搜索所謂的受難者　還是在繁華都市
勸喻那對母子打消觀風念頭？
噢，都市人的聲音又響起
「聽説又有一個颱風要來了！」
真的嗎真的嗎真的嗎　他聽不清
「來吧來吧　讓香港把颱風全接了
你不知道　鄉下的小村落抵不住
颱風的侵襲呀」

他渾身一顫，眼睛正與那條鹹魚四目交投
可憐的牠　越不過昨夜那場小海嘯

兩眼瞪得大大　勉力搜索着
電視上失蹤者的乘風滑板
但願一直滑下去　為記者們送上
颱風遺下來的長長尾巴
換取人們一天的額外假期

評賞

大澳是著名的水鄉，位處本港最大的離島大嶼山西部，以前鄉民多是打魚的，住在河道出海口上搭建的棚屋裏，目前居民大多上岸了，只留下一些老人。丟空的棚屋成為景點。鎮上還有一些老舊酒家，一些賣蝦膏、鹹魚，專門做市區遊客生意的店子。2008夏天，颱風「黑格比」帶着暴雨正面吹襲香港，大澳慘遭水淹，許多人的家當給浪濤捲走了。這首詩正是當時大澳一位老人的悲歌。

除了這位可憐的老人，作者還提及好幾類市區居民，作為襯托。記者是其一。「阿伯你蝕了幾多錢？」乃記者的第一條問題。何出此問？記者認為老伯伯經歷的不過經濟損失，完全無法理解他痛失家園的心境。他們似乎只關心颱風是否能帶來一天意料之外的假期。其二是消防員。救人的消防員哪裏去了？原來要去搜索那些趁着颱風去滑浪的「失蹤人士」、勸那些帶着小孩「睇打風」的父母回家。其三，正是這些趁風胡鬧的任性市民。真正有需要的人，卻無人救援，眼睜睜地看着自己的家園分崩離析。

「他渾身一顫，眼睛正與那條鹹魚四目交投」，無助而心死，像大澳的特產鹹魚一樣，老人蹲在塑料椅子上，除了殘弱的生命，已經一無所有。作者善用對比。面對損失，老人的安靜和其他市民的怨聲載道，就是一例。場面的捕捉也是這首詩的另一優勢。老人蹲在椅子上，大水未退，上面有鹹魚、腐木、水缸……記者亂發的問題，電視諷刺的報道，老人空洞的眼神……全部都寫得十分具體，讓人既感到悲傷、憐憫（對老人），也覺得憤怒、不齒（對那些任性或淺薄的市民）。不過，這些都是讀者自己得出來的結論，作者可沒這樣説。為何她能領着我們「走」到這裏來？這正是作品特別的地方：作者把所有該看的東西放在一起，讓我們參照對比，從而三省吾身。讀這首詩，我們就明白到小我和大我的分別，以後就不會為一天半天假期盼望「打風」了。

灰塵

胡皓妍
人文學課程

月亮勾在地鐵月台的電纜間，悠然自得。月台上黑壓壓堆着一大羣人，像那些在模型角落積存已久的塵埃，都結成一塊塊了。乘客的臉色似乎都不好。下班下課男女拖着累慘了的身體與靈魂盡力往前蠕動，免得落在通道位置進退失據。「列車即將到站，各位乘客請勿超越黃線……」火車轟轟地破開氣流全速駛來，引來一條紅藍相間的彩帶，惹起鐵軌月台和人的震動。

他趕時間，趕什麼自己也不曉得。車門刷的一聲開啟時，他一個箭步越過排在前頭的女孩，像老鼠似的鑽進車廂，連撞到人家的袋子也沒有停下來道歉。月台上的人開始如污水般要擠入這條只開了二十個小孔的管子裏。門關上，水靜止流動，有些還要倒流。車廂內人們的肢體像網一般展開，錯綜複雜地遍佈每個角落。他不住往車門邊後退，背對着乘客。

他已經到了足以被喊作大叔的年紀，個子不高，膚色像濡濕的泥土，臉小，下巴爬滿鬍子碴，還有一兩根白白灰灰，油油的特別醒目，可是漸現皺紋的臉卻流露稚氣，身上總有一陣酸酸的味兒，別人嗅着了還得暈眩一會兒。他穿着一件粉紅色毛衣，頸上的皺皮露了出來，米黃色的褲子點點斑斑，腳上的皮鞋破了皮，快熬不住了。他又背了一個環保袋，上面印着「I am fresh」，裏頭有幾份報紙，兩罐啤酒。他抓住扶手，蜷曲着背，兩肩向內縮成一團。

他常偷偷轉過頭來看人，慌張的目光亂掃，十足夜更保安員的手電筒。他總覺得有人注視着他，說他的悄悄話。這是敏感的背告訴他的。是剛才那女客怒睨着他嗎？還是有人覺得他怪？很多時候他會在心裏發脾氣：他們這些人憑什麼詆毀人家？憑什麼用輕蔑的眼神看人？他哪有什麼不正常的？每當不小心撞進別人的目光，他就會反射地擰開頭，繼續觀看自己在黑色車窗的倒影。

他到站了，門開了一條小線他便急着竄出去。一不留神，左腿剛好陷在「上落黑點」的大縫隙中，踏第一步便已往前栽。其他人都歎了一口冷氣，他半條腿卡在那危險空間，拐了好幾下才站直。四周似乎靜止下來，窘得他臉紅起來，趕緊往出口逃，卻又不小心「噹」的一聲踏在鬆動的鐵渠蓋上，那聲響無限地擴散，在月台上迴盪出惹人注目的壞音符。他立時毛骨悚然，有那麼一瞬間嚇得僵直了，肩膀縮了縮，無辜的眼睛看了看周圍，便逃也似地跑了。

回家的路很靜，他在昏黃的街燈下如老鼠走路。他依舊看着地面，望着自己的影子拖長變小。拿出布袋裏的啤酒，手指毫不費力扣起鐵環，啤酒的香味溢出，正是慰藉自己的時候。他喜歡在此時拿着啤酒罐，感覺自己是成熟的。迎面而來一對男女，穿着光鮮合時，二人耳鬢廝磨，狀甚歡快。女的一時忘形，一手不小心向矮個子的他臉上拍來，嚇得他啤酒沒拿穩，罐子彈跳了兩下掉在地上。黃色的液體濺上了女人的長裙下擺和紅色高跟鞋。

「對……對不起。」他的音量很小，像在喃喃自語。

他不敢正視男女的眼睛，只懂倉皇跪下拾起剩下一半啤酒的罐子。從褲袋翻出一張霉了的紙巾，說：「我幫你抹……」女人下意識地縮了腿，露出羞赧的笑：「呀……不用，謝謝你。」他緩緩站起來，眼裏有點受傷，連番說了抱歉就撤退了。

「等一下……」女人生出了憐憫，想喊停他。男人按着她的手，搖了搖頭。

他拐進一棟唐樓。門口的生銅鐵信箱塞滿了大小郵件，快瀉出來的樣子。他伸出滿佈滄桑的手想收下郵件，卻在中途定住。疑惑的眼睛躊躇了一會，便爬上那條綠色的蜿蜒的樓梯。梯級很窄，不小心會滑腳。他垂下頭注視自己的腳步，沉沉的，沉沉的。有些鋪在樓梯的綠色小磚都不知飛脱到哪兒去。白白的空格，像是留在這兒等待填補。

他停在家門前。摸摸自己有點油的頭髮，把某幾束固執的扳到耳後，用那霉霉的紙巾揩抹前額的汗水。他雙手垂在大腿兩旁，站在那兒調整呼吸，卻給門旁土地公牌位前的檀香嗆到，想是大嫂剛上了香。他瞧瞧香爐，驚見爐灰上倒插着一支燃燒中的香煙，紅光點點。他睨了一下上層的樓梯口，心想：「那羣小子！」俯下身撿起那支煙。

鐵閘毫無預警地敞開，生鏽的鐵門磨着軌道發出尖鋭的叫喊，電視機的音響和電波滲出，刺得他的耳朵嗡嗡作響。大嫂被他嚇了嚇，又迅速恢復冷冷的表情。她從沒有給他好臉色看。

「有信嗎？」大嫂剛想下去收信。她看看他的手。最後鎖定那支還在燃燒的煙。他慌張地把手藏起，煙霧依然在他身後瀰漫繚繞。他答道：「有……」大嫂杏眼圓睜地捏住鼻子，原本高高的鼻子顯得更尖了。用濃重的鼻音説：「咁你點解唔去收？」説完跨出腳步，「仲有，食完先入去。」

門開着，他大氣也不敢喘地小步走進屋。大哥坐在大廳看電視，可手卻攤開一份馬經。大肚皮和着呼吸一下一下地鼓動，好像隨時會爆裂。偶然聽到電視傳來呼天搶地的音效才懶懶地側過頭望望，又繼續看報。大哥的小孩正在客廳跑跑跳跳。小妹口齒不清地説：「糖……要糖糖。」那比她大不了多少的哥哥卻偏不依她。握着糖果的手還舉得高高的不讓妹妹搆到，吵吵鬧鬧的一團。

他走到大哥身旁，輕輕喊一聲：「大哥。」

大哥觸電似的縮起肩膊，連頭髮根都像受驚過度，擰轉頭：「撞鬼囉，你行路都冇聲。」接着望向一對小兒女叫：「你們咪嘈，做哥哥就要讓一下妹妹！

唉唷……你幫我去分開他們吧。」他接收指令，走到兩個小人兒前面輕輕地說：「喂，別鬧了，你們吵着爸爸……」小女孩停止爭奪，說：「叔叔，臭臭。」掉下這一句便與男孩跑到別處玩。留下他在原地，尷尬地不知所措。

大哥的大女兒從洗手間興沖沖衝出來，手執一件脫線淺藍色毛衣，一把扔向他：「我說了多少次，你的衣服別跟我的混在一起洗！又臭又髒！」這位叔叔嚇了嚇，肩頭縮得更緊。他的手緊抓着衣服，把它擠壓成一團。

門砰的一聲關上，似乎震痛了些什麼。大嫂拿着厚厚一疊信件上來，說：「開飯了！你兩個還不快去洗手？」

大夥兒收到指令，如魔咒附身乖乖往飯桌靠攏。大哥擱下馬經問他：「對了，今天有《明報》嗎？」他立刻從環保袋翻出厚疊疊的報紙遞上，「有，還有太陽東方文匯……」眾人看看那疊還有點濕氣和霉墨味的紙張，兩眼發直地吞下口水。

「這麼多？哈哈……哪裏來的？」大哥硬硬地扯出笑容。

「我在垃圾桶撿的，放心，是廢紙回收桶……」他小心翼翼地應道。

大哥毛骨悚然地伸手，接過報紙時像有一百萬隻螞蟻同時在身上竄走：「謝啦，一定是蒐集了很久才拼湊到一份，真辛苦。」忙把它們放在一旁，一邊走去洗手，一邊說：「來，吃飯吧。」

他們圍着四方桌坐下。大姐照例挾着筷子把罐頭沙甸魚推到他的飯碗前面，還挾了一隻雞腿給他，冷冷道：「我不喜歡，給你。」他看着前方的沙甸魚呆呆道了聲謝。小孩子不懂性，習慣在飯桌上吵吵鬧鬧。手像發育不良般抓住筷子，狀甚痛苦，最後用筷子敲打碗盤。這種動作很快就傳染給另一小孩。

大哥開始向大嫂發牢騷。說他這個主任當得多辛苦，公司上下沒有一件事可以讓他放心的。老闆今天開會時太得意忘形，他要幫着建下台階，以免得失客戶。下屬把今天的訂單全都搞亂了，出貨次序一團糟，又要「出馬」收拾爛攤子。營業部經理李先生又不知怎的常常來物流部管他的下屬，不知什麼居心。接着大女兒又繪影繪聲描述她今天當學級委員又遇到了什麼奇事，碰到了什麼奇形怪狀的「珍禽異獸」。

弟弟閃動着崇拜的眼神讚美：「大姐真威風。」

他每聽一句，肩膀都不自覺緊張起來，深邃的黑眼珠不敢抬起，只專注自己的飯碗和茄汁沙甸魚。他用筷子挑爛魚肉，血淋淋的，總覺得這樣才對胃口。大嫂看看他的飯碗：「二叔你怎麼光扒白飯？」又轉向丈夫說：「兒子明天考幼稚園，你駕車接我們去吧。現在那些名校入學試題真難，都跟他練習很多次了，就不知道他明個兒能否應付……」

「小弟，你工作的同事都好嗎？」大哥突然這麼一問。

他呆呆的，沒料到兄長會突然把話題轉移到自己身上。

「我……都好。主任……叫我當……組長。」這是他這陣子早就想向每人說的事。

大哥忙吞下剛掃下口的飯，差點兒給嗆了。對他咧開大大的笑容：「那很好呀，你答覆了沒有？會加薪水嗎？」他臉有點紅，羞怯地搖頭：「我沒有答應。」

「為什麼？」

「我不行……我這種人怎能妄想……」說時用手搔搔亂髮，拉扯出生硬而不好意思的笑。

這個説辭在任何人聽起來都很熟悉，一如在十五年前，他還在大公司工作至夜深的某個晚上和十年前他宣布有晉升機會的某星期天早上。

「但是……」大哥還沒有説完，他便捧着空飯碗進廚房洗碗。

天氣真好，涼風拂過清潔工的衣袖時，脱下那大漁夫帽，推到背後。正是休息時間，他獨自坐在一旁，拉起啤酒鐵環，呷了一口。同工突然喊他，他三步併兩步趕去接電話。大嫂在電話着他快趕回家帶弟弟的出世紙來幼稚園，免得誤了入學試，老公又怎麼會忙得電話也不接，「對，桌面那個公文袋，快來。」

他急忙請假，喚了計程車奔回家。司機還在途中不斷從倒後鏡打量他，怕他沒錢。回到家，看見桌面上的公文袋便直撲過去，沒多細看便抓着它衝出門。他在車途上緊緊抓住公文袋，用力得手都有些微顫，彷彿握着的不只是侄兒的前途，還是自己的生命。

大嫂已在幼稚園門外等候多時。她跑到他面前，奪去公文袋。大嫂拉出一大疊滿是數字的會計文件，神色惶恐：「不是這個！」

今晚他在外晃得似乎特別久，時間也特別漫長。

坐在路邊的長椅，他如常打開一罐啤酒，可這次只放在椅邊，手指碰也沒碰一下。或者就這樣離開吧，自己一人到外面過日子。他不是常有這樣的念頭嗎？

橋底下住了一些露宿者。這個時間他們開始用各樣物料包裹自己的身體，緩緩在長椅和自建的紙皮屋躺下，蒼老的臉龐好像訴說他們即將從日暮走進漆黑的夜幕。他靜靜看着這一切，若有所思，心中某些東西越益擴大加深。

一男一女走進橋底。女的踏着紅色高跟鞋，男的着名貴皮鞋，雖然二者都咯咯的很是擾人清夢，但他們已儘量輕手輕腳把手中的水和乾糧放到每一個「牀位」前。女人臨走前發現了什麼，居然朝他走過來，向他露出和煦的笑靨，雙手奉上水和麪包。他有點兒錯愕，但是仍不自覺地伸手想要接過關懷。

他的手在半空停住。他張大眼睛向女人搖搖頭，再搖頭，站起來，說：「我不是……」他提着環保袋忽然告辭，留下一臉錯愕的女人看着他的影子在街燈下拖長閃過。

從街口茶餐廳買回幾個新鮮卻甜得發膩的菠蘿包，他輕手輕腳地拉開鐵閘，儘量不讓那鐵軌像一個女人給宰割般，被磨出尖銳叫喊，怕驚動了些什麼，觸發些什麼。

「大嫂，我買了……」他邊把菠蘿包放到四方桌上，邊向正在廚房煮粥的大嫂說。

「哦，把它放在桌上吧。」還是那冰涼的口氣，單薄的語調，這次聽起來多了分壓抑的厭煩。

他把零錢放到桌上，數一數，不敢漏掉一個角子兒。大哥正在看報，頭也沒抬。星期天的早報散了一桌子。大女兒則娛樂版與八卦雜誌並讀。小孩剛起牀，奔跳過來湊熱鬧。他總算渲染了幾分活潑。

這本應是一個愉快的星期天。

他悄悄坐下，抽掉一個菠蘿包，張嘴大大咬了一口，倒像要把麪包硬塞進去，臉頰脹起成另一個包子。有些碎還卡住在滿佈鬚根的下巴。大嫂捧着一鍋子粥出來。眾人眼裏只有面前的熱食，菠蘿飽倒擱着了。大哥放下報紙，道：「我們今天去遊樂園好不好？中午前進場好像有七五折。」

「你還知道玩！小弟的入……」大嫂還是忍不住。

「不讀這間，可以找另一家吧？還是我們去看電影……」

他靜靜站起來，手還拿着那吃剩一半的菠蘿包，像個影子般飄回房間去。關上門，把外面的聲音隔絕了。那裏只有一張牀褥，一張椅子，一個窗，幸好，還有四面牆。他坐到被褥上，雙腿屈曲，開了一罐啤酒。菠蘿飽配啤酒的味道很怪，像他。一道陽光照進幽暗的房間，他就着這片光，呆呆看着牆角那結成一塊塊的塵埃。

風偶爾拂過，卻只能擺動懸在窗邊的衣架。喀喀的輕輕地碰觸窗框，這裏惟一的聲音。

評賞

重讀胡皓妍的〈灰塵〉，不禁掩卷長歎。社會上諸位四十後五十後精英，開口閉口就憑感覺説這一代的大學生不像樣，我實在不敢苟同。老實説，當年我在大學算是能夠「寫」的了，但在那三年內，我何曾寫過像〈灰塵〉這樣出色的作品？連接近這種水平的都沒有。這個短篇不但視角靈活、文字流暢、細節豐富、思想有深度，更難得的是作者竟然注意到社會的隙縫裏住着這樣的一位「叔叔」，作品對他那種注目、細緻、關懷和敏感，叫我無法想像作者才剛剛考上大學一年級。

這位中年人，一言以蔽之，是個非常自卑的人。他有家，但只能算是活在家的邊緣。他佔着一個房間，但家人對他的冷漠和嫌棄，溢於言表。他們自問不是沒有親情的人，但從不把他看作家庭的一分子。他連打開家庭的信箱也滿心顧忌。在公眾場合，他永遠是笑柄。反而，在露宿者的世界，他就自動被看作為他們的一分子。社會上有同情心的人多的是，肯「收留」窮親戚或向他們「提供衣食」的人也不少，但他的「窮」，窮在尊嚴。大嫂的隨意使喚，的士司機的懷疑眼光，露宿者義工的想當然，無不使他自覺為一撮「灰塵」。因此，他竭盡全力服務他的「家庭」，希望「家人」看他為有用的人。可惜，連他自己都不相信這一點，誰會在乎呢？

這個作品實在可以用作人物描寫的一流教材。人物描寫從四個切入點進行：外形、言語、行為舉止和心理活動。這篇文章裏四者都做得極好。我們且看看作者怎樣描述主人公的外形：「他個子不高，膚色像濡濕的泥土，臉小，下巴爬滿鬍子碴，還有一兩根白白灰灰，油油的特別醒目，可是漸現皺紋的臉卻流露稚氣，身上總有一陣酸酸的味兒，別人嗅着了還得暈眩一會兒。他穿着一件粉紅色毛衣，頸上的皺皮露了出來，米黃色的褲子點點斑斑，腳上的皮鞋都破了皮，快熬不住了。他又背了一個環保袋，上面印着『I am fresh』，裏頭有幾份報紙，兩罐啤酒。他抓住扶手，蜷曲着背，兩肩向內縮成一團。」這樣精細的描述裏，最吸引人的是寫着「I am fresh」的環保袋。在許多人眼中，這個人已經「舊」得可以扔掉了，「I am fresh」一詞，諷刺地成為焦點。另一鮮明的對比是在露宿者羣中的紅色高跟鞋。作者對某些高高在上的人所演示的同情心發出極大的嘲弄：「橋底下住了一些露宿者。這個時間他們開始用各樣物料包裹自己的身體，緩緩在長椅和自建的紙皮屋躺下，蒼老的臉龐好像訴說他們即將從日暮走進漆黑的夜幕。他靜靜看着這一切，若有所思，心中某些東西越益擴大加深。一男一女走進橋底。女的踏着紅色高跟鞋，男的踩着名貴皮鞋，雖然二者都咯咯的很是擾人清夢，但他們已儘量輕手輕腳把手中的水和乾糧放到每一個『牀位』前。女人臨走前發現了什麼，居然朝他走過來，向他露出和煦的笑靨……」原來除了上述的四種人物描寫角度，對比或間接描述，也是很重要的。魯迅、白先勇等小説家都常用這手法。

能夠從這篇文章學習的地方其實很多，篇幅所限，我們就只能約略談談這幾項，我只想多説一點：這樣的好作品，多讀幾遍無妨。

後記

近年，我在大學裏教的學科大都屬文學創作範疇，學生來自各個專業，有讀理科的、有修社會科學的、有念傳理的，自然也有專修人文學科的，這些年輕人都因為對寫作感興趣而來修讀。我非常享受跟學生一起討論文學創作，因為他們對周圍的事物充滿興趣，觸覺也十分敏鋭，説起話來更是生氣勃勃，常常把我這個年已半百的人拉回年輕的歲月。

這個學期我放假，不用上課，可每個月大家都在我家裏搞文學聚會，人人輪流分享自己的作品，熱烈氣氛從未消失。

每次收到同學的作品，我都深受感動，沒想到這被指為什麼都不懂的一代，竟有這樣的思想深度和表達能力。我一直想把同學們寫得比較好，或在題材上、手法上有特色的作品結集成書，讓讀者來評評理，看看這一代是否真如長輩們所説的那麼不濟。但是，由於一直忙個不停，沒有做這事的空間，就把事情擱置了。三月初，出版社來電，説文集規劃在書展前出版。我抖擻精神，把其他工作暫時擱在一旁，終於編好了這本集子。

集子之所以能夠編好，主要因為幾位同學的義務幫忙。他們是陳懿、許政和余龍傑。陳懿和許政這兩個名字也許會引起一些誤會，大家可能會以為她們是男孩子，或認為她們是在國內長大的。其實兩者都不是。她們是香港女孩，很活潑、愛胡説，只要看見她們，我就會笑個半死。余龍傑呢，則是香港男孩，卻比較害羞，因此，逗他開心也成了我們開會時的主要任務。但是，這幾位年輕人都很積極，部分還是一級榮譽的人選呢！他們愛讀同學的作品，因此也保留了好些本來已經找不到的稿件。我真的非常感謝三位把稿件、聯絡方法辛苦找回來，還幫助出版社聯絡作者，否則文集就出不成了。

吳清輝校長今年退休了，我依依不捨。我感激他鼓勵同事們開辦文藝學科、舉行文化活動——雖然他本人是理科的學者；我感激已經榮休的前文學院院長黎翠珍教授，因為她具體地開辦了好些前所未有的創作科，例如新詩創作，如今每次看見她，我都想起那件事：她在文學院財政比較拮据的日子，依然勉力撥款創辦大學文學獎，如今這個獎項已經家喻戶曉了；我也感激文學院院長鍾玲教授，因為她把許多創作科和文學活動發揚光大，讓許多有志於創作的年輕人在起步點上得到適時的培養。

其實，同學寫得好的作品不少，我們就精選了這四十一篇，分別放在四個「園子」內。這四個園子是「成長」、「親情」、「教育」和「人文關懷」；它們一個比一個闊大，一個比一個開放。這四十一篇創作，部分早已達到專業水平，一些曾經發表，一些被翻譯成英語，一些在比賽中獲獎。整體來説，每一篇都可以拿來做青少年文學創作科的教材。

經驗告訴我，要學會寫作，必須閱讀經典，其次要讀同輩的文章，前者做模範，後者作參考；前者打開我們思想的眼界，後者激發我們創作的熱情。因此，我向全港年輕人推薦這本文集。這裏面有二十多篇散文和短篇小説，十多首新詩，都是充滿真情、面向現實的創作，寫作手法也不乏新的嘗試。為了和讀者分享，與作者對話，我更為每一個作品寫了幾百字的評賞。

我感謝諸位同學借出作品的版權，讓文集得以面世。我感謝蔡元雲醫生及盧偉力博士為我們作序。我更感謝突破出版社的積極參與，在資源困乏的年代仍斥資出版這些新人的創作。

我深信，這本書裏的作者，有一天會成為出色的作家，用文字把世界變得更有意思，更純潔，也更溫暖。

胡燕青

香港浸會大學語文中心副教授

通識閱讀系列・個人成長

《四十二張手帖 —— 年輕人寫世界》

作者：胡燕青、麥樹堅及 42 位年輕寫作人

生長在這瑣碎的大城裏，我們撿起散滿一地的鏡片再重組。鏡子裏反映出另一個世界 —— 我們眼中的世界。在這面嶄新而充滿傷痕的鏡子裏，我們與另一個自己對視交流。然後，有人開始說故事，說屬於大家的故事。

四十二個故事，四十二種感情，彙編成四輯：〈邊緣的生存〉描寫一羣沉重卻安靜地活在邊緣上的人；〈隱迷的親心〉呈現多段無聲卻緊密的親子關係；〈晃蕩的一代〉刻畫一整代莽撞迷失的青少年；〈浮動的世情〉是年輕人對當下教育文化、城區保育、社會公義等議題的反思。

《閱讀與寫作》

作者：余非

近年學界積極推動閱動及創作，常邀請作家分享心得及教授技巧，目的無非為改善學生的語文水平及提升思考能力。作為「跑中學」不遺餘力的作者余非，綜合多年經驗及觀察，對有關策略、方向和素質的問題提出一點反思，以親切的筆調、故事化的行文跟同學談談閱讀和創作，望能真正做到提升與策勵。

《第一千零二夜 —— 說故事的故事》

作者：董啟章

故事實在是一種奧妙的溝通方式。此書透過國王和王后經歷一次故事之旅，以別開生面的情節，讓讀者置身奇境，代入角色，思考故事背後豐富的含義，並從另一種角度察看世情，或會看到平時忽略的東西。讀故事，也是一個成長的過程。

榮獲（十七屆）
中學生好書龍虎榜「十本好書」